L'ABSENTE DE TOUS BOUQUETS

DE LA MÊME AUTEURE

FICTION

L'Annexe, Héliotrope, 2019.

Ce qui restera, Québec Amérique, 2017.

Oscar De Profundis, Héliotrope, 2016.

La ballade d'Ali Baba, Héliotrope, 2014.

Les derniers jours de Smokey Nelson, Héliotrope, 2011 ; série « P », 2014.

Deuils cannibales et mélancoliques, Héliotrope, 2009 ; série « P », 2015. (Trois, 2000, pour l'édition originale.)

Le ciel de Bay City, Héliotrope, 2008 ; série « P », 2011.

Omaha Beach, Héliotrope, 2008.

Fleurs de crachat, Leméac, 2005 ; BQ, 2016.

Ventriloquies (avec Martine Delvaux), Leméac, 2003.

Ça va aller, Leméac, 2002 ; BQ, 2013.

ESSAI

Diamanda Galás, Héliotrope, série « K », 2014.

Ce que dit l'écorce (avec Nicolas Lévesque), Nota Bene, 2013.

L'éternité en accéléré, Héliotrope, série « K », 2010.

« Duras aruspice » dans Duras, Marguerite, *Sublime, forcément sublime Christine V.*, Héliotrope, 2006.

Condamner à mort. Les meurtres et la loi à l'écran, PUM, 2003.

La mauvaise langue, Champ Vallon, 1996.

Catherine Mavrikakis

L'ABSENTE DE TOUS BOUQUETS

HÉLIOTROPE

Maquette de couverture et photo : Antoine Fortin
Maquette intérieure et mise en pages : Yolande Martel

Catalogage avant publication de Bibliothèque et Archives nationales du Québec et Bibliothèque et Archives Canada

Titre : L'absente de tous bouquets / Catherine Mavrikakis.

Noms : Mavrikakis, Catherine, 1961- auteur.

Identifiants : Canadiana 20200082221 | ISBN 9782898220203

Classification : LCC PS8576.A8579 A62 2020 | CDD C843/.54—dc23

Dépôt légal : 3e trimestre 2020
Bibliothèque et Archives nationales du Québec

Héliotrope reconnaît l'appui financier du gouvernement du Canada. | Canada
Héliotrope remercie le Conseil des arts du Canada et la Société de développement des entreprises culturelles du Québec (SODEC) de leur soutien.
Héliotrope bénéficie du Programme de crédit d'impôt pour l'édition de livres du gouvernement du Québec, géré par la SODEC.

IMPRIMÉ AU CANADA

I walk in this garden
holding the hands of dead friends.

Derek Jarman

À Terry,
Pour les « fleurs de beurre »

Tu n'as jamais cultivé ton jardin.

C'est la phrase qui m'est venue alors que je piochais la terre devant sa tombe.

J'essayais tant bien que mal de planter un dahlia dans l'humus dur qui contient tes restes.

J'avais dans les mains une truelle et une serpette, mais je n'arrivais pas à sarcler le terrain dérisoire où je veux penser que quelque chose de Maman demeure.

J'ai mis mes genoux dans le sol. Il faisait très beau. Le soleil me réconfortait, léchait les plaies de mon corps meurtri. À quatre pattes, je savais que je salirais mes vêtements, je savais aussi que si Maman était encore vivante, elle me le reprocherait. Elle dirait : « Mais quelle idée, cette enfant… elle a toujours eu de ces inventions, celle-là ! Rien à faire… Peut pas s'en empêcher. » Et puis elle enchaînerait sur une anecdote qui mettrait en évidence mon imagination néfaste.

Il m'a semblé à ce moment-là, les mains et les genoux dans la terre, ne pas pouvoir être plus proche de toi.

Tu n'as jamais cultivé ton jardin…

Cela sonne comme un reproche. Je ne sais si c'en est un.

Que le monde refleurisse ! Que la peine s'estompe ! Que les morts trouvent leur place dans la terre chaude des étés à venir qui se nourriront d'eux ! Que des temps meilleurs arrivent ! Et pour cela il faut peut-être sonner le glas d'un temps, le sien.

En moi, je veux laisser monter la sève d'un printemps. En moi, je porterai des mondes inconnus, étonnants.

Ma peine me mènera vers ma joie.

J'ai commencé ce texte quand Alex m'a dit de planter devant la pierre tombale des narcisses, des jacinthes, des iris, des azalées de Gibraltar, des rhododendrons, des savetiers, des cœurs saignants ou encore des ligulaires. Et puis quelques lavandes, des astilbes, des cierges d'argent et des glaïeuls. Alex fait dans la luxuriance. Il m'a aussi recommandé de lire un livre sur le jardinage écrit par Derek Jarman. Je l'ai immédiatement acheté. Je suis une fille docile. Maman m'a dressée à l'obéissance. Il suffit qu'un ami me conseille de lire un texte pour que je m'exécute.

Moi, contrairement à toi, Maman, j'aime cultiver mon jardin.

Alors, je lis tout ce que l'on me propose.

J'ai donc vite commandé les bouquins de Jarman en anglais. Je suis tombée sur *Modern Nature,* puis sur le reste de ses journaux, *Smiling in Slow Motion*, *Chroma* et enfin sur ses *Sketchbooks*. En quelques jours, ils étaient arrivés à la librairie Argo, rue Sainte-Catherine, pas très loin d'où Maman vivait durant la dernière année de son existence.

Je ne comprends pas encore comment cet endroit suranné, un sanctuaire pour les livres, perdure entre les restaurants, les brasseries de toutes sortes et les magasins d'alimentation. Dans un quartier où la culture me semble une fleur très rare, même si nous sommes à quelques pas de ce lieu improbable, le Centre canadien d'architecture, que Phyllis Lambert a tenu à faire pousser là, entre l'autoroute Ville-Marie et la montagne.

Pas très loin de la librairie, des machines creusent le sol pour y planter des immeubles qui verront fleurir de magnifiques parkings souterrains. Des voitures s'y entasseront en narguant les changements climatiques... Sur le toit, pour se donner bonne conscience, on mettra l'été une kyrielle de bacs à bégonias, et puis on aménagera une piscine chlorée ouverte durant les quatre saisons et entourée d'immenses vitres. On bénéficiera ainsi de la blanche lumière montréalaise. En nageant dans l'eau un peu forte, on pourra apercevoir au loin le mont Saint-Hilaire et puis les autres montagnes qui invitent à aller se balader les dimanches dans la nature distante.

Au Centre canadien d'architecture se trouve un magnifique jardin d'hiver. J'y vais dès que je peux, me faisant croire que j'aurais incarné une femme heureuse et aisée à une autre époque. Le Centre, qui date de 1989, a embrassé en lui la maison Shaughnessy, construite elle en 1874, autour du jardin d'hiver Devencore, qui faisait partie de la vieille demeure.

La coupole en verre, le plancher disposé autour d'une étoile, les hibiscus rouges, tout me donne envie, dès l'automne, de jouer à la jardinière d'intérieur en contemplant la bretelle d'accès à l'autoroute Ville-Marie et les cheminées des usines. Je fais table rase du passé récent et j'imagine la vue que l'on avait au début du XXe siècle sur les terres à perte de vue et le fleuve au loin. Il me semble voir surgir du néant des fleurs qui croissent pourtant autour des fenêtres géantes, formant la rotonde de la serre.

Pas loin du CCA, en ce moment, le paysage est désolant. Cet immense trou à ciel ouvert a tout d'un lot pour un enterrement, celui de la rue Sainte-Catherine des années 1960, là où, quand Papa avait la baraka et faisait une arnaque, nous allions manger en famille chez Pauzé une sole amandine comme Maman l'aimait.

Nous nous rendions dans l'ouest de la ville pour qu'elle puisse déguster le poisson apprêté selon ses goûts. Le serveur devait venir à notre table. Maman lui demandait alors de découper sa sole en suivant un rite abracadabrant de prestidigitateur guindé qui lui rappelait peut-être un moment joyeux de sa vie. Pour cet instant de bonheur, ma mère acceptait que nous dilapidions les sous dont nous avions besoin pour tant d'autres choses. Nous étions des rois, le temps d'une soirée amandine...

Tu ne commandais pratiquement que de la sole. Les autres poissons ne te faisaient pas envie. Je n'ai jamais su pourquoi. De la sole et du chocolat... Pauzé a disparu depuis longtemps et le quartier se transforme. Les immeubles à condos y poussent comme des champignons et donnent aux passants une impression de ville bombardée, éventrée, qui ne porte, malgré ses promesses de tours gigantesques, aucun futur accueillant. L'Hôpital de Montréal pour enfants a été rasé. Bientôt on retrouvera à sa place, à deux pas du Centre canadien d'architecture, des immeubles rutilants qui cacheront les vestiges enfouis d'un Montréal que j'aimais.

C'est dans ce quartier insensé que j'ai décidé de lui trouver une résidence, de la mettre à l'abri d'elle-même. De toute façon, elle se moquait bien de là où elle était. Maman cherchait simplement à fuir les lieux, quels qu'ils soient.

Tu n'as même pas réagi quand je t'ai mentionné que tu te retrouvais à deux pas de l'ancien Pauzé ou encore juste à côté d'un autre resto que tu aimais bien, Chez la Mère Michel. C'est là que Papa et toi, vous vous réconciliiez. Vous y alliez alors manger en amoureux... si cette expression a déjà eu un sens pour toi. Après vos bagarres, peut-être...

Pauzé, La Mère Michel, non, cela ne lui disait plus rien, à ma mère.

Même pas une dispute.

Lors d'un de nos rendez-vous au Café Mélisse, que j'aime beaucoup, Philippine s'est assise toute droite devant sa tasse pour me raconter la vie de ses parents brésiliens. Elle s'est longuement étendue sur l'enfance de sa mère. Philippine et Erico veulent me faire jouer dans un texte de leur cru et, pour cela, ils se proposent tous les deux d'interviewer leur maman.

J'ai tout de suite pensé à ta voix enregistrée sur le téléphone de Lou. Ma fille m'a envoyé le fichier où je pourrais t'entendre, si…

Je n'ai pas encore trouvé le courage de faire résonner tes mots, ta langue, tout près de moi. La nuit, dans mes rêves, très souvent, tu es à mes côtés, mais je ne te vois pas. Je ne peux te faire exister, Maman, ni accueillir simplement des signes évidents de ton passage dans ce monde.

Cela viendra.

C'est du moins ce qu'on dit aux gens qui ont du chagrin.

J'avoue que je n'y crois pas.

J'ai interrompu Philippine pour lui demander si elle aimait sa mère, et avant qu'elle ait pu répondre, la pauvre, je lui ai avoué que tu avais été l'amour de ma vie.

Je ne voulais pas avoir d'enfant, pour ne pas aimer quelqu'un plus que Maman, et je crois que sa tristesse à elle quand sa petite-fille est née venait de sa jalousie maladive. Il n'y en avait que pour elle…

Je me suis sentie gamine de confesser cela à Philippine. Cet amour s'est en quelque sorte épuisé dans cet aveu, dans cette déclaration sacrilège. Je mentais peut-être en prononçant cette phrase somme toute horrible.

Tu aurais, bien sûr, une girandole de reproches à me servir qui réfuteraient ma confession naïve à Philippine.

Mais je me suis sentie délivrée.

J'ai alors pensé à mon ami Maxime, qui adore sa mère d'une façon presque maladive. Il n'est pas le seul. Il a à ses côtés Warhol, Fassbinder, Mathieu L., Jean M., Barthes, Pasolini, Olga D-N. Tous ceux que j'aime…

Souvent je classe les gens en catégories: ceux qui ont trop aimé leur mère… et les autres. Cela met vite de l'ordre dans mon chaos.

En 1986, Derek Jarman achète un cottage en Angleterre. Juste en face d'une centrale nucléaire.

Dans ce lieu singulier, il va cultiver son jardin avant sa mort. Il prendra soin de son sida, l'entretiendra durant des années et ne s'en sortira pas. Le sida l'étouffera.

Un jour de maladie, alors qu'il fait une balade en voiture dans le coin, il s'amourache du Dungeness Prospect Cottage. Voilà l'histoire : il aperçoit une maison en vente et il ne peut y résister. Il y installe tout de suite ses pénates et des fleurs de toutes sortes. Son compagnon HB a vécu là jusqu'à sa propre mort en 2017, d'un cancer du cerveau.

Jarman avait succombé au sida le 19 février 1994.

J'ai décidé de faire du cimetière Notre-Dame-des-Neiges notre jardin. Le ridicule lopin de terre où Papa et toi êtes enterrés deviendra ma terre natale. Nous n'étions que des immigrants, sans racines. Nous n'avions pas de maison.

Voici que par ta mort tu me donnes un lieu à vénérer, un sanctuaire à rendre fertile.

Derek Jarman : je l'ai découvert comme cinéaste dans les années 1980, mais sans savoir qu'il était jardinier. Pourtant certaines images de son film *The Garden* auraient dû me mettre la puce à l'oreille. Tout chez Jarman reste floral, florissant, du grand kitsch.

Je me suis lancée dans son journal après avoir dévoré son livre sur le jardinage. De lui, j'ai envie d'un florilège de citations qui accompagneraient par moments ce texte. On verra, je me laisse errer ici, dans ce petit texte écrit pour une maman, la mienne.

Je prendrai des chemins de traverse pour te revenir avec un bouquet sauvage de mots rebelles.

Jarman a connu une lente agonie durant son sida, mais jamais, non, jamais il n'a cessé de cultiver son jardin à Dungeness, dans le comté de Kent.

Après sa mort, le lieu a continué d'être entretenu, de recevoir les soins de ceux et celles qui aimaient Jarman. Les plantes côtières semblent y avoir poussé sous l'œil bienveillant de Keith, l'ancien compagnon de Derek, rebaptisé HB dans *Smiling in Slow Motion*.

Keith était un jeune sultan et Derek un vieux colonel. Ainsi Jarman décrivait-il les choses. Les deux hommes n'étaient pas faits l'un pour l'autre, avaient peu en commun. Mais ils se sont immédiatement aimés, comme dans les romans les plus fous, sans avoir été amants. C'est du moins ce qu'on dit.

Tu ne croyais pas à l'amour, Maman. Tu trouvais que c'étaient des histoires que les gens se racontent, trop faibles pour ne pas se faire tout un cinéma.

J'aime la faiblesse de DJ et de HB. Leur vulnérabilité. Je suis émue par cette histoire si queer. Derek et Keith ne dormaient jamais ensemble. HB avait un petit ami ailleurs. Il avouait que Derek lui paraissait bien trop vieux pour qu'il puisse l'imaginer en amant. Et Keith, malgré son jeune âge était beaucoup trop mûr pour plaire à un Derek épris d'éphèbes et de corps peu marqués. Mais je crois qu'ils s'aimaient.

J'ai pris ma conception de la passion amoureuse dans les livres, dans ceux de Duras que ma mère détestait.

Une vieille bonne femme prétentieuse, disais-tu, qui vivait avec un homme beaucoup trop jeune pour elle. Moi, je crois que les plus grands amours du monde sont ceux de Yann Andrea pour Marguerite ou de Keith pour Jarman. Ces deux jeunes hommes se sont dévoués à des êtres qu'ils admiraient. Je l'avoue : j'aime l'amour sacrifice.

Je ne peux être comme toi, Maman. En moi persiste une croyance dans l'absolu. Et cette foi que j'avais, tu étais bien contente que je la cultive, puisque je t'aimais.

J'ai dormi avec ma mère jusqu'à mes quatorze ans. Elle me voulait à ses côtés, au cœur de cet amour bizarre, presque incestueux qu'elle m'imposait.

J'ai veillé sur elle.

Durant les nuits que nous partagions, je prenais soin d'elle.

J'écoutais ton moindre souffle, je respirais ton odeur et particulièrement celle de tes cheveux blonds, fins, que j'adorais. Tes cheveux de poupée.

Toute petite, je l'ai prise pour mon enfant. L'amour queer avec elle, je l'ai connu. Je le connais encore.

N'est-il pas étrange d'aimer à ce point une morte ?

Pour l'enterrement, je suis allée commander de grandes gerbes de fleurs toutes roses à Jean Lorrain, le fils d'Augustina. Je sais combien Maman adorait recevoir des bouquets géants provenant de la boutique de Jean, l'aîné de sa meilleure amie.

Pour l'enterrement, les fleurs étaient « d'un rose vraiment céleste », comme le dirait Proust. « Je veux dire couleur de ciel rose. Car il y a un rose ciel comme il y a un bleu ciel. »

Pour ton enterrement, j'ai fait ce que tu aurais voulu : j'ai préparé une fête. Il y avait des fleurs roses comme tu les aimais, même si jamais, au grand jamais tu n'aurais cultivé un jardin pour t'en procurer. Dans les albums de photographies que tu as laissés apparaissent des images d'arrangements somptueux. Des fleurs passagères immortalisées.

Tu aimais les fleurs du fils d'Augustina.

Ma mère a toujours adoré les fleurs et les fils, les fleurs des fils. Les jolies jeunes filles en fleur ne comptaient pas pour elle.

Oui, tu n'aimais que les fils. Et je suis devenue ton deuxième ou troisième fils homosexuel, parce que c'est ainsi que tu me voulais.

J'étais aussi ta fleur vénéneuse, ton petit tue-loup, ta grande ciguë.

Oui, j'étais moi aussi, quand je me comportais bien, son fils. Parce que les fils à fleurs, elle les collectionnait.

Alors qu'on n'a qu'une mère…

C'est le mensonge que Maman m'a fait avaler pour une vérité. On n'a qu'une mère… Quand je lui ai dit qu'Hélio en aurait deux, elle n'a pas été étonnée. Elle me croyait capable de tout. Et même de penser que la mère n'est pas unique.

Tu n'as jamais cultivé ton jardin.

C'est ce que j'aurais voulu lui dire, à la fin de sa vie, alors qu'elle ne savait plus quoi faire de ses jours. Mais peut-être n'avait-elle pas besoin de cela, de passer du temps à regarder pousser et s'épanouir les fleurs. Maman venait de la campagne. Et de son bocage normand, elle se rappelait ses grosses godasses pleines de boue et la honte d'être une paysanne. Les fleurs, elles croissaient autour d'elle. Elles se faisaient entraves.

Elle les préférait coupées, les fleurs, car elle les trouvait grossières d'exister librement, sans vergogne. Les chardons penchés et les pavots cornus ne pouvaient la faire rêver.

Flora, c'était pourtant le nom de ta mère paysanne. Flora Touret.

Tu imaginais, Maman, de grands vases blancs, plantés sur le manteau d'une cheminée dans un somptueux appartement parisien, des vases majestueux offrant avec magnificence des roses délicates et géantes. Tu avais malgré toi un côté Marguerite Duras dans son India Song. *En Delphine Seyrig, tu aurais pu t'incarner, si seulement tu avais aimé lire ou regarder des films. Les hommes se seraient amourachés de toi et t'auraient couverte de fleurs inimaginables. Mais tu avais décidé de ne pas vivre ta folie, d'aimer et de détester à la fois un seul homme. Tu avais dédié ta vie à ton mari. Tu cultivais avec passion ta colère, ton humiliation. Je n'ai jamais su pourquoi tu as été si fidèle à cet être dans ta haine. Mais que pouvais-je comprendre de toi ?*

Maman n'aimait que les fleurs en bouquets, alors qu'elles approchent de leur mort, alors qu'elles n'ont plus que quelques jours à vivre. L'art floral pour elle était funéraire. Elle n'appréciait pas les bourgeons qui promettent le beau temps. Elle ne s'enchantait que pour les derniers moments.

Je comprends.

C'est dans tes derniers moments que j'ai su t'aimer.

J'ai gardé dans ma chambre quelques fleurs de l'enterrement. Je n'arrive pas à les jeter. Cela commence à sentir mauvais, comme dans les cimetières. Je ne sais quand je vais me décider à jeter l'eau nauséabonde et les roses pourrissantes.

« Les fleurs de Warhol ne se fanent jamais. » C'était avant sa mort, en novembre, son dernier novembre, mais déjà elle n'était plus tout à fait présente au déroulement des années. Je lui demandais : « Quel mois sommes-nous ? », et immanquablement elle me répondait, inquiète : « Mars ou avril. »

Avec toi, à la fin, nous nous étions installées dans un éternel printemps. J'allais te voir presque tous les jours à cette période-là. Je ne pense pas que cela nous ait beaucoup rapprochées, mais j'étais contente d'être en ta compagnie.

En novembre, Mathieu a créé un hommage à Andy Warhol. J'ai pensé à ces tableaux d'Andy, ces fleurs, rouges, roses, blanches, bleues, mauves qui émergent du vert au fond de la toile. J'avais trois ans quand il les a fait pousser sur ces acryliques. Les fleurs, c'est un sujet un peu trop romantique pour quelqu'un qui se plaît à présenter des *cans* de soupe Campbell.

Ma fille, je ne la voulais pas végétale. Je la voulais animale, hantant les savanes.

Quand je t'ai annoncé son prénom, tu m'as dit : « Quelle idée tu as… C'est un nom à coucher dehors ! »

Justement à coucher dehors, avec les fleurs dans le jardin.

Il y a pire sort.

Tandis que Maman agonisait (Faulkner aimait-il les fleurs ? me demandé-je alors qu'il passe ici à travers mes mots), j'étais triste d'avoir été sa mauvaise herbe, son jardin mal sarclé, en friche. C'est ce que j'ai toujours pensé de ma personne et je m'en veux de ne pas avoir poussé de façon à ce qu'elle soit fière de moi.

Il ne faut aucune imagination pour écrire, dirais-tu. C'est vrai, je n'ai aucune imagination.

Je cultive un jardin où ne pousse aucune fleur singulière. Dans ma cour, pas d'orchidées exotiques, pas d'anthuriums à la Huysmans.

Sur la route de la vie, je ramasse juste des pleurotes, des girolles ou encore des petites fleurs de rien, *comme celles qui poussent autour de ta tombe, qui est aussi celle de Papa et puis celle de Kloé, ta chienne bien-aimée.*

Des champignons enflent sur le chemin qui me mène au café Balzac, le matin. Oui, je vois quelques nolanies printanières sur le bord du trottoir devant l'église, entre Clarke et Kitchener, et je les trouve obscènes, faites d'une matière visqueuse.

Je lui en avais fait un bouquet, enfant. Un bouquet de champignons. Je me voyais dans ces bolets mous, spongieux qu'elle avait trouvés peu appétissants… Une gerbe de champignons… Maman ne l'a même pas laissée entrer dans notre logement de Ville d'Anjou. Elle la trouvait déplacée.

J'ai vite su que pour toi je devrais prendre la lune avec mes dents et ne jamais cueillir de pâquerettes. Tu me demandais l'impossible. Et j'ai accepté le marché, immensément heureuse de tout sacrifier sur l'autel de tes caprices.

Grâce à toi, je n'ai pas besoin d'être aimée. Pour cela, on me traite de veinarde ou encore de vaniteuse… Quelle force, n'est-ce pas ?

Maman, je ne t'ai jamais vue m'exprimer la moindre affection.

Sa dureté envers moi était exemplaire. Pourtant elle savait à quel apprentissage difficile je me soumettais.

Bien sûr, je pourrais passer ma vie à me plaindre de ta rudesse, et je dois avouer que je l'ai fait durant quelques années.

Je m'en repens.

Maman m'a donné une force de caractère étonnante, à moi l'enfant malingre.

Je n'ai pas été seulement ta victime, ma mie, ma chère Maman, je suis devenue ton élève.

Tu peux être fière de moi. J'ai bien appris la leçon.

J'ai écrit un livre qui m'a accompagnée durant la fin de la vie de Maman. En fait, le récit s'attardait à ce lieu étrange, non partagé où j'étais enfermée avec elle. Ma mère, dans sa résidence sous haute surveillance, moi dans mon appartement soumise à ses horaires, auxquels je devais me plier.

Et puis, ne m'avais-tu pas appris à toujours vivre confinée ? N'habitions-nous pas dans un appartement conçu comme une serre où tout notre environnement était contrôlé ? Tu ne souhaitais jamais que tes enfants, petits, sortent. Tu les voulais à la maison, barricadés, bien au chaud, à lire ou à regarder la télévision. Toujours à l'intérieur, à portée de vue. Avec toi.

Chaque jour, nous revivions la guerre. Alors, écrire sur une espionne incarcérée dans un appartement ou encore sur un chanteur rock séquestré pendant une épidémie ne m'a pas demandé beaucoup d'imagination : *tu avais raison.*

J'ai plongé dans mes souvenirs, ou plutôt dans ceux que Maman avait déposés en moi. Les souvenirs terribles d'une époque que j'ai vécue par procuration.

Après des années de réclusion, je suis prête à prendre le large, à aller faire le tour du monde.

Avec toi et sans toi.

J'ai donné à Fenglin, mon adorable et terrible Fenglin, une breloque en forme de rose qui t'appartenait. Elle ne voulait pas l'accepter. Je l'ai suppliée d'apporter avec elle un morceau de toi. Je te vois te balader à son cou dans les rues de Guangzhou, la ville qu'à ton époque on appelait encore Canton.

Je m'amuse en imaginant ma mère si loin, elle qui refusait de prendre l'avion ou un peu d'air. La voilà en Chine.

Tu verras, le voyage te plaira.

Des violettes, nous en avions quelques-unes dans notre logement de la rue Joseph-Renaud. Sur le bord de la fenêtre, Maman les gardait un temps, puis les laissait mourir lentement, en affirmant avec violence : « Dans ce pays, rien n'arrive à pousser. »

C'est là pourtant qu'elle avait décidé d'élever ses deux derniers enfants, moi et mon frère.

Violette, Maman ne pouvait dire ce mot sans enchaîner immédiatement sur la terrible meurtrière Violette Nozière qui avait tué son père et tenté d'assassiner sa mère en 1932. Elle m'avait incitée à voir le film sur la vie de cette parricide. Isabelle Huppert y incarnait l'immonde et ingrate enfant. Bien sûr, ma mère ne voulait en aucun cas regarder cette histoire, mais tenait à ce que je prenne la mesure de l'ignominie de la progéniture.

Les violettes, je pense que tu t'en procurais pour les laisser crever. Tu n'aimais pas les enfants aux désirs meurtriers. Et pourtant... Je t'ai souvent soupçonnée d'avoir pensé à supprimer ta mère. En fait, une de tes cousines au nom de fleur vénéneuse m'a confié un jour qu'elle avait voulu pousser Marguerite, sa maman, dans l'escalier tant elle la détestait.

Le crime contre les parents, aucune famille, tu vois, n'y échappe.

Nous sommes tous des violettes qu'il faut laisser crever. Des Solange et des Claire, des sœurs Papin qui tuent Madame, comme dans la pièce de Genet, *Les bonnes.*

Je pense avoir été bonne avec toi jusqu'à vouloir te tuer.

Oui, à la fin de ta vie, j'ai songé à mettre fin à tout cela. Je crois que tu me le demandais.

Tu vois, pour une fois, je ne t'ai pas obéi.

Le courage m'a manqué. Je lui en voulais, à ma mère, de ne pas avoir pensé à ses derniers temps de vie. Elle ne voulait jamais parler de cela : la fin. Même si mon frère et moi la suppliions de nous laisser des instructions. « Arrivera ce qui arrivera. » Oui, c'est bien arrivé ainsi. Comme c'est arrivé. Dans le désordre et l'angoisse.

Te tuer aurait mis de l'ordre dans tout cela. Mais j'étais, tu me le disais souvent, une créature très désordonnée.

En relisant les journaux où elle a consigné sa vie, je comprends combien mon départ de la maison familiale a dû lui être violent.

Oui, tu voulais séquestrer tes enfants, les empêcher de grandir.

Tu ne cultivais pas d'autres jardins que celui où tu piétinais la vie, et ce lopin de terre, tu tenais à le garder.

Je cherchais simplement à me pousser, comme on dit au Québec. Maman ne comprendrait pas l'expression. Je voulais me pousser, toute seule.

Justement dans une langue qui ne te parlait pas.

Tu n'as jamais cultivé ton jardin ni la terre devant la tombe de Papa.

Pendant toutes les années qui ont séparé sa mort de la tienne, je me contentais d'aller porter de temps à autre quelques fleurs devant la pierre tombale. Ce n'est que lorsque tu es arrivée là, dans ton urne faite de sable séché, que j'ai finalement compris que je deviendrais ton jardinier à domicile. Celui dont tu n'aurais pas voulu. Tu trouvais inutile que l'on s'occupe ainsi des petites choses et puis, de toute façon, pour toi, les morts n'avaient plus conscience de rien. À quoi bon leur rendre visite ?

Pourtant, paradoxale, Maman aurait été si triste que j'aille en France sans aller fleurir la tombe de Flora et Charles Gaston. Elle aurait boudé si je n'avais pas pris de nouvelles photos du cimetière. Dans ses albums à couvertures à fleurs, les photos du caveau familial, elle les conservait très soigneusement. Hurlant en voyant que la tombe des Marchand, ses parents, n'était pas, à son avis, bien entretenue.

À la mort de Jeanne, son amie de pension qu'elle avait connue en 1936, j'ai fait envoyer des lys à l'église de son village. En son nom. *Tu y tenais. La disparition de ta grande confidente, ton amie de jeunesse et des derniers temps, t'a détruite. Je ne t'ai jamais vue aussi bouleversée.*

Au téléphone, j'ai choisi méticuleusement avec la fleuriste de Villers-Bocage, en Normandie, une croix composée de belles fleurs blanches. Quand la dame au téléphone m'a demandé mon courriel pour m'envoyer la facture, j'ai pensé à faire plaisir à Maman. J'ai eu subitement une idée. *Oui, la fleuriste pouvait prendre une photo de la gerbe de fleurs pour l'enterrement de Jeanne et me l'envoyer afin que tu la contemples.*

Jeanne était croyante, donc pour toi une imbécile, mais tu l'aimais et tu me montrais à chacune de mes visites la photo de la croix de lys immaculés que je t'avais imprimée.

J'aurais dû offrir à ma mère des fleurs très souvent. Je sais que cela lui faisait excessivement plaisir d'en avoir. *Mais à chaque fois que je t'apportais un bouquet, tu disais préférer les chocolats.* Les belges, seulement les belges. Les fleurs, c'est périssable, comme le dit la chanson belge, justement. Cela dure si peu longtemps. Les Normands ne font pas de telles folies.

Madame Auerbach vivait sur le boulevard Pie-IX, près de Sherbrooke. C'était une amie de pas si longue date que Maman refusait d'appeler par son prénom, Sofika. C'était aussi une femme fabuleuse que je surnommais secrètement Fabiola, imaginant que fabuleuse et Fabiola étaient des mots jumeaux.

Je me rappelle son immeuble art déco qui ressemblait au pavillon central du Jardin botanique juste en face. À l'époque, dans les années 1960, je ne connaissais rien à l'architecture, mais je pensais que l'univers de Sofika et son mari Alberto était splendide. Le bâtiment un peu ancien des Auerbach n'avait rien à voir avec notre bas de duplex tout neuf qui donnait sur l'arrière d'un *strip mall* de Saint-Léonard.

Tous les jours, madame et monsieur Auerbach, qui était très âgé, partaient se promener dans les allées du jardin. Quand nous allions les voir, elle et son époux, nous nous baladions en leur compagnie à travers les serres, les arbres, les haies et les allées. Nous trottinions, en observant les plates-bandes, les insectes et les plantes.

C'était ma sortie préférée... Sofika m'appelait Cherikamou. Elle me gavait de loukoums sucrés, à la rose ou à la menthe, que j'imaginais venir du grand jardin d'en face. Elle proposait à Maman des cornes de gazelle et des doigts de la mariée qu'elle avait faits *et systématiquement, tu les refusais.* Sofika venait d'Istanbul, elle évoquait Constantinople, Ankara, le palais de Topkapi, la Mosquée bleue, le Grand Bazar et l'avenue Bagdad. Et puis aussi Mustafa Kemal Atatürk, que mon père adorait pour avoir imposé au pays la laïcité.

Tu n'écoutais jamais ce que te disait ton amie. La Turquie ne te faisait pas rêver. Tu ne connaissais que ta propre nostalgie, celle que tu cultivais de la France et de Paris. Istanbul te semblait une ville de province pour les péquenots du Jardin botanique. Moi, je ne pensais qu'à traverser le Bosphore et à me baigner dans la mer Noire alors que nous arpentions l'arboretum. J'étais en Orient quand Sofika me mentionnait les jardins de ses parents et le marché aux fleurs de Taksim. *Toi, pendant ce temps, tu parcourais ton passé à la recherche de celle que tu avais été, sans jamais explorer celle que tu aurais pu être, si seulement tu t'étais inventé une vie au Québec, si seulement tu t'étais laissé traverser par un ailleurs, que ce soit Montréal, Istanbul ou moi.*

Je me rappelle très bien l'enterrement de monsieur Auerbach au cimetière juif de Ville Mont-Royal, appelé aussi cimetière Baron de Hirsch, rue de la Savane. Je répétais le nom de ce Baron à satiété, croyant ainsi posséder un trésor dont je ne connaissais pas vraiment la valeur. La mort d'Alberto a dû avoir lieu en 1971 : j'avais dix ans. Et je pense bien que la mère de Maman, Flora, était morte quelques mois plus tôt.

L'été qui suivit l'inhumation d'Alberto, nous avions pris la voiture pour conduire Sofika au cimetière afin qu'elle puisse se recueillir sur la tombe de son mari.

La terre était encore fraîche, formant un monticule devant la pierre tombale.

Ce jour-là, tu n'avais jamais encore mis les pieds dans un cimetière juif et quelque chose en toi se méfiait de cette altérité que tu ne pouvais pas tout à fait circonscrire. On t'avait dit que les corps étaient mis nus dans un linceul blanc, et tu ne pouvais t'empêcher de dire à tes enfants que les juifs avaient de drôles de coutumes : en deuil, ils se déchiraient les vêtements apparemment et ils n'envoyaient pas de fleurs pour les enterrements.

Sofika pleurait déjà avant même que nous n'arrivions à Ville Mont-Royal. Elle sanglotait sur la banquette arrière. Maman conduisait prudemment, s'étant peu aventurée dans l'ouest de la ville. Nous étions des Montréalais de l'est et la partie plus riche de l'île nous semblait bien étrangère. Arrivée près de l'allée du tombeau d'Alberto, Sofika sortit précipitamment de notre Buick bleu turquoise et se jeta sur le sol en le baisant longuement.

Tu ne savais que penser d'une manifestation de deuil aussi théâtrale. Personne ne t'avait prévenue que notre sortie au cimetière allait finir ainsi. À l'orientale... Ta mère venait de mourir et tu pleurais parfois un peu en cachette, tenant à ne jamais nous montrer ta peine ni à l'exposer au grand jour. Sofika, elle, criait, allongée sur la terre, son corps recouvrant le corps de son époux enterré. Elle espérait rejoindre son mari, elle implorait le sol pour qu'il l'engouffre. *Très, très vite, tu dis à madame Auerbach d'arrêter de se lamenter ainsi. Tu lui enjoignis de se relever, de ne pas se salir ainsi dans l'humus. Elle pouvait attraper le tétanos. C'est ce que tu lui as annoncé avec calme et autorité, en essayant de la redresser. Tu la trouvais dérangée de se conduire de la sorte.*

Devant le contact de Sofika Auerbach avec le sol qui avait avalé la dépouille de son mari, j'étais moi aussi perturbée. Maman m'avait toujours interdit de jouer dans la terre, de me tacher. *Tu mettais des gants quand tu rempotais les quatre plantes d'intérieur minables que tu avais du mal à faire croître dans notre petit appartement sombre.* Seul le caoutchouc, l'hévéa, arrivait à se hisser dans notre potiche marocaine, achetée à l'Expo 67, et à ne pas crever trop vite. Oui, en voyant Sofika se rouler dans la glèbe, je sentis tout son désarroi de jeune veuve, tout son amour pour son vieux mari qui l'avait quittée.

Elle finit par s'extirper de sa peine, secoua très longuement sa chevelure de sa main droite. Elle murmura qu'elle planterait chez elle tout un vaste parterre de fleurs pour honorer la mémoire de son aimé, qui raffolait des roses et des hortensias. Elle parla de rivaliser avec les beautés du Jardin botanique. Maman lui répondit froidement qu'en effet elle devait s'occuper, ne pas sombrer dans le malheur.

J'eus honte de tes paroles. J'avais compris que Sofika voulait prendre soin de sa peine en faisant pousser des fleurs. Cela, tu ne pouvais le concevoir. Tu n'as jamais pu imaginer que les êtres veuillent entretenir leur douleur, la cultiver, comme on le fait pour les fleurs d'un jardin.

Dans le terreau de la souffrance, on trouve parfois de quoi faire naître la vie.

Cela, ma mère l'ignorait. Elle pensait que l'on souffre toujours inutilement et que la mort ne mérite pas tant de bruit.

En une nuit, des petites fleurs se sont ouvertes devant l'église Saint-Léon, le jour même où je commence à accepter un peu que je vais pouvoir vivre sans elle. Ce n'est pas que je veuille me suicider, non… Tout en moi est plus simple :

Je ne sais pas m'imaginer sans toi. Il faut que je cisaille dans le tissu du temps, que je me reprenne là où j'étais enfant, quand je me suis greffée à toi. Je dois me tailla-der, me sectionner, m'élaguer afin d'arriver à me déta-cher de ton corps qui pour moi était le mien.

J'ai rêvé que mon pied gauche était menacé par une gangrène géante, quelque chose comportant une quantité inimaginable de champignons (*ceux que je t'ai donnés enfant ?*). Cette purulence m'attaquait. Je devais agir vite. J'ai pris un grand sécateur et puis j'ai taillé mon pied, afin d'enlever la pourriture qui me gagnait. Je me coupais un peu les orteils et une partie de l'arche plantaire. Je savais que je m'ampu-tais et qu'après, j'aurais du mal à marcher. Il me fau-drait faire une rééducation. Mais au moins, ma vie était sauve. *Je me suis réveillée en te parlant : « À quelle incision à même ma peau vais-je devoir me soumettre pour me séparer de toi ? Où couper ? Réponds-moi.* »

Maman traitait depuis des années un champignon qui lui bouffait l'ongle du gros orteil droit. À la fin, l'onychomycose prenait des proportions démesurées, le système immunitaire de ma mère allant à vau-l'eau, comme elle me l'affirmait. Devant cette infection fongique bien banale, Maman éprouvait un réel dégoût.

Comment avais-tu pu attraper cette saloperie, toi, une femme si propre qui faisait attention à se tenir loin de toute souillure ? J'avais beau te répéter que cela n'avait rien à voir avec ton hygiène, tu t'énervais de cette intrusion dans ton système.

Maman se croyait à l'abri de la contagion en nettoyant tout, quotidiennement. Des semelles de nos chaussures à nos pyjamas et nos serviettes. Sa peur de la contamination venait de la syphilis contractée par un de ses grands-pères dans un bordel normand. Toute anomalie du corps, toute déformation l'angoissait. Pourtant, sur sa peau vieillissante, des fleurs s'étaient mises à pousser. Les verrues, les excroissances de chair sur son buste presque bleu, sur son torse maigre dessinaient des motifs étranges. Maman arborait des bosquets de *mollusca pendula* ou de polypes fibro-épithéliaux. Enfant, elle exhibait de nombreuses taches de rousseur qu'elle recouvrait, adulte, d'un épais fond de teint brillant.

Tu me demandais de te faire enlever tout cela chez le dermatologue. Et puis tu oubliais. La vie sur ton corps très âgé se faisait touffue.

Tu n'en voulais pas.

Maintenant, c'est ton absence que je fais croître dans mes rêves, sur mes pieds attaqués par tes champignons à toi.

En ce moment, il me tarde de cultiver mon jardin. Le moment d'un écart, d'un retrait approche. J'aurai du temps à moi pour voir la vie exister et puis aussi disparaître sous mes yeux, surtout disparaître. Tout être peut s'estimer chanceux s'il a le temps de s'effacer de ce monde. J'observe ces jeunes gens pousser devant moi, grandir. J'ai connu quelques générations d'humains. Beaucoup sont morts et d'autres se sont fanés. C'est notre sort à tous. Oui, mais je ne sais si j'aime contempler ces amis, ces proches perdre de leur vigueur. Se regarder disparaître a quelque chose de triste, de mélancolique, de nécessaire. Il faut bien s'habituer à l'idée de sa mort. Mais quoi de plus tragique que d'apercevoir les autres se flétrir ?

J'ai dû assister à ta fin jusqu'au bout. Je sais de quoi je parle... Mais j'ai surtout dû admirer, muette, tes renoncements, ceux auxquels tu t'étais consacrée dès que je suis née.

Je souffre de voir dans les autres leurs espoirs ne jamais éclore ou encore s'étioler longuement.

Barthes écrit : « Mais chose étrange – peut-être fausse ? – j'ai le sentiment obscur qu'elle (la mère) n'étant plus là, il me faut me faire reconnaître de nouveau. Ce ne peut être en faisant n'importe quel livre de plus : l'idée de *continuer* comme par le passé à aller de livre en livre, de cours en cours m'a été tout de suite mortifère (je voyais cela *jusqu'à ma mort*). »

J'ai l'impression que pour marquer la mort de Maman je devrais faire quelque coup d'éclat, quelque esclandre, décider d'un avant, d'un après. D'où mes désirs actuels de démission ? d'en finir avec tout ? pour recommencer ? ou simplement commencer ?

Fariz, mon voisin du quatrième étage, m'invite tous les deux dimanches à venir prendre l'apéro chez lui. Je me retrouve là à 18 h, dans un grand fauteuil noir à motifs de paons et de fleurs exotiques. Je sirote, pendant une heure trente très exactement, un verre de vin blanc au parfum un peu fumé que j'adore. Fariz a toujours des lys blancs. Il les dispose dans un vase à l'entrée de son appartement, semblable au mien, mais perché en haut de l'immeuble où nous habitons et qui surplombe le jardin du Collège de Montréal. Je suis allergique aux lys et pendant une heure et demie les yeux me piquent et les éternuements se font sourds en moi, mais pour rien au monde je ne dirais à Fariz d'ôter ses fleurs odorantes de l'entrée. Je vais là pour elles, pour cette blancheur qui me donne tous les quinze jours un peu de force et qui me rappelle quelque chose d'une soumission que je n'ai plus du tout ailleurs.

Maintenant que tu n'es plus là.

J'ai appris, dans le journal de Jarman que Tariq Ali, que j'ai rencontré à Montréal grâce à notre éditrice commune, Sabine Wespieser, avait été très proche du cinéaste jardinier. Je m'en veux de ne pas avoir parlé de Jarman lors de la soirée où j'ai pu bavarder un peu avec Tariq.

En écrivant ces mots, je me rends compte combien mon existence peut sembler mondaine. Elle ne l'est pas. Je vais rarement dans les fêtes. Je célèbre peu la vie. J'aurais aimé être comme Jarman, trouver ce monde beau, en profiter pleinement. *Mais tu m'as mise en garde contre ce type de bonheur.*

En revanche, grâce à toi, j'ai découvert la nécessité du travail. C'est là que je trouve toute mon insouciance. Jarman, alors que son corps entier le dévore, continue d'écrire et de jardiner :

> The wind's got up and the pale-ochre grass shimmers in the sunlight, in the late afternoon I watered the garden, back and forth, with the heavy galvanised can. I have felt strangely light-headed all day, my stomach

has taken a turn for the worst, it is quite impossible to concentrate*. (SISM, 22)

J'ai commencé quelques semis, histoire de me voir en jardinière ou même en maraîchère. J'ai peur de faire crever la vie. Pourtant je m'aperçois doucement que je suis aussi capable de donner naissance au monde. Ça pousse, ça pousse. Les fleurs travaillent toutes seules à exister.

* La traduction des citations de Jarman se trouve pages 181-182.

De Véronique, j'ai reçu une très belle carte et puis d'Ania, une autre accompagnée de la photo magnifique de sa fille Zuzu à côté d'un cactus en fleur. Les missives me sont arrivées à l'université. Surprise et heureuse, je me suis rappelé combien, lorsque j'étais enfant, Maman attendait le facteur. Elle espérait toujours qu'une amie, une de ses tantes, sa mère, une cousine lui écrive de France. *Tu avais peur d'être oubliée là-bas, au loin.* Quand nous recevions un colis de Normandie ou de Paris, c'était une petite fête.

Je sentais pourtant toute ta tristesse de ne recevoir de ta terre natale que quelques dragées, quelques nougats ou une paire de gants. Tu avais très mal de ne pas vivre dans ton pays. Et moi, j'avais très mal pour toi.

Véronique m'a envoyé une image du parc anglais qu'elle traverse chaque jour. C'est son jardin à elle. Comme Jarman, en ce moment, Véronique me donne la force de croire en la vie, quelle qu'elle soit. Je trouve étrange que l'Angleterre devienne tout à coup si présente dans mon imaginaire. Le foisonnement du jardin anglais me parle. Je ne suis pas quelqu'un du jardin à la française. *Tu m'avais prévenue que j'étais la fille-désordre, la femme-chaos. Tu as tout fait pour que je me demande comment on existe quand la vie pousse en soi tout de travers, un peu folle.* Finalement, je ne déteste pas être un chiendent à rhizomes.

J'avais beaucoup apprécié l'Angleterre lors de mon dernier voyage il y a près de dix ans. J'y ai entrepris la tournée des espaces verts de Londres, de Kensington Gardens et Hyde Park, Chelsea Physic Garden, Fulham Palace Garden, Chiswick House Gardens. Et puis le soir, épuisée, je retournais dans la chambre sale d'un hôtel médiocre dont la fenêtre minuscule donnait sur la gare King's Cross, me rappelant la vie de Dickens, qui n'habitait pas très loin de là avec sa famille, et surtout celle d'Oliver Twist, qui n'avait pas trop droit au jardin, lui.

Ma passion pour les fleurs réveille en moi une culpabilité de bourgeois. Et il me faut me soustraire à ma classe sociale en cultivant parallèlement un amour du macadam qui me donne à m'enthousiasmer pour la pollution et la ville industrielle. Je ne suis pas arrivée à jouer jusqu'au bout l'esthète ou la fille champêtre. En moi, la culture du jardin n'est pas assumée. Et pourtant, j'ai tant voulu être autre et renifler à pleins poumons le printemps qui, chaque année, m'appelle à la joie. Il n'y a que les riches décadents comme Jean des Esseintes dans *À rebours* pour s'extasier jusqu'à l'écœurement pendant des heures sur leur goût pervers de fleurs :

> Des Esseintes possédait ainsi une merveilleuse collection de plantes des Tropiques, ouvrées par les doigts de profonds artistes, suivant la nature pas à pas, la créant à nouveau, prenant la fleur dès sa naissance, la menant à maturité, la simulant jusqu'à son déclin ; arrivant à noter les nuances les plus infinies, les traits les plus fugitifs de son réveil ou de son repos ; observant la tenue de ses pétales, retroussés par le vent ou fripés par la pluie ; jetant sur ses corolles matineuses, des gouttes de rosée en gomme ; la façonnant, en pleine floraison, alors que les branches se courbent sous le poids de la sève, ou élançant sa tige sèche, sa cupule racornie, quand les calices se dépouillent et quand les feuilles tombent. Cet art admirable l'avait longtemps séduit, mais il rêvait maintenant à la combinaison d'une autre flore.

L'antiquaire au coin de la rue m'a appelée Elizabeth aujourd'hui, alors que je passais lui dire bonjour et loucher un peu sur des tasses à thé à motifs floraux très *british.* Dans cette méprise, j'ai vu comme un bon signe. *Je n'étais plus ta fille Catherine.* Je me pliais à celle que Russell m'imaginait être. Elizabeth : je me plais à jouer celle que les autres veulent que je sois.

J'ai souvent accepté d'être une Elizabeth ou une Caroline. Avec Russell, je deviens anglaise, pendant un petit tour de magasin britannique. Je me suis dit que j'avais quelque chose de la reine d'Angleterre, un petit côté élisabéthain, un soupçon de désuétude, ou encore un port de chapeau à fleurs qui n'est pas sans rappeler une dynastie de pacotille. Qui sait ?

Je ne crois pas en une vie après la mort, mais en moi ne peut s'éteindre cette idée que tu restes encore un peu là, avec moi. Parfois, j'ai envie de sentir que tu as disparu, que jamais, jamais je ne te reverrai, et puis tout à coup, je te sens là, à veiller sur les mots que je t'écris, que tu ne veux pas lire, mais que tu veux tiens.

Maman aimait que je parle d'elle.

En allant acheter une rose pour l'offrir à une amie (je ne peux plus offrir de fleurs à ma mère *et je ne peux m'empêcher de vouloir poursuivre ces gestes qui de façon étrange me rapprochent de toi, Maman*), en allant donc me procurer une rose chez un fleuriste, j'ai demandé à l'homme qui me servait si ce chou magnifique vert et mauve que je lui pointais du doigt pourrait convenir à la tombe de mes parents qui donne sur le sud-est. Il a fait une moue un peu désapprobatrice et m'a tout de suite conseillé une hydrangée *eternal bloom.* « Cela prendra bien mieux que ce chou un peu moche. » Il m'a aussi avoué, un peu songeur : « Vous me faites penser que j'ai beaucoup négligé le terrain de mes parents au cimetière. Je ne suis pas fier de moi. »

Moi, je sais que mon geste de jardinière n'est pas pur. *Je m'assure que tu es morte, j'apprivoise la terre que tu es devenue. Je salis mes mains pour t'enterrer encore et davantage.*

Je ne fais pas que dans la beauté.

En ce jour d'automne où j'étais allée la voir à sa résidence, la lumière s'est couchée durant toute la journée sur la Terre et a balayé les jardins où les plantes agonisaient depuis longtemps, sans jamais se hisser haut dans le ciel. J'ai alors pensé aux tournesols de mon enfance, ceux que nos voisins germaniques faisaient pousser à côté de chez nous à Ville d'Anjou.

Derrière le grillage recouvert de plastique vert, dans l'enclos allemand, s'élançait vers le ciel un parterre de soleils au délicat parfum vanillé qui ne cessaient de pousser jusqu'à la fin de l'automne, en tout cas dans mon souvenir. J'enviais ces fleurs qui me semblaient ne pas connaître de limites en défiant la gravité. *Tu ne t'es pas rappelé ce jardin allemand, le Deutsch Garten, ce jour-là alors que j'essayais de l'évoquer avec toi. Tu as même dit : « Oui, enfin peu importe si cela a existé. » Tu ne te rappelais plus rien depuis déjà longtemps. Ce qui a marqué terriblement mon enfance, tu n'en avais gardé aucun souvenir. C'est bien normal. Mais même plus jeune, Maman, tu n'aimais pas évoquer les années où nous habitions sur le boulevard Joseph-Renaud.*

Tu n'avais donc pas hésité à effacer de ton passé mes dix premières années.

Le saule pleureur que j'aimais tant et qui n'a pas vécu très vieux, Maman l'avait aussi rayé de sa mémoire. Moi, je lui parlais, lui demandant l'impossible, de me conduire dans un éden foisonnant. J'ai toujours pris les arbres pour des confidents. Je voyais en eux des créatures emprisonnées qui, de leurs bras et leurs branches, hurlaient en direction d'un indifférent cosmos. Il n'y avait que moi pour les entendre gémir et pleurer. Et je tentais de les rassurer en leur promettant, à eux comme à moi, la liberté.

Maman n'a pas su que je parlais, enfant, aux végétaux. La magie dans ce monde ou dans un autre lui était étrangère. Elle n'aimait pas me lire des contes. Elle pensait que c'étaient des histoires fausses qui séduisent pour rien. Elle n'appréciait que la comtesse de Ségur et la cruauté de ses récits, qui m'éduquaient à la vie. Les tournesols allemands ne lui disaient rien du tout. Ils n'offraient aucune poésie à sa vie de femme bafouée. *Tu n'attendais que ton mari. Tu n'avais que faire de la beauté des jardins et des tournesols de Van Gogh.*

Sur une photo ancienne, je suis dans le jardin de ma tante à Bay City, près de la carcasse métallique d'un climatiseur accroché à la fenêtre de la maison. Je parle visiblement à une fleur framboise, une pivoine que je tiens entre mes mains et que je force en quelque sorte à me regarder. J'ai un petit chapeau ridicule, tu disais un bob, pour me protéger du soleil du Michigan qui n'est pourtant pas bien fort. Je souris à la fleur. *Je ne pense pas, Maman, que tu aies pris cette photo de moi.* Je soupçonne mon père ou mon oncle de m'avoir saisie dans ce moment de joie.

Allergies, propreté, tout était prétexte à me tenir loin des pivoines roses ou cramoisies qui arrivaient à croître à travers la tôle des climatiseurs et leur bruit incessant.

J'aimais beaucoup ce jardin au Michigan. Il me semblait géant. Je passais toutes mes journées à l'explorer et à converser avec les fleurs et les arbres. Je ne sais pas pourquoi ni comment je suis devenue allergique à tout pollen, dès mon adolescence. Les parfums sont dangereux, ils nous donnent le goût du bonheur. Et j'ai eu la bonne idée, peut-être à treize ans, de ne plus pouvoir respirer mon désir de partir au loin, d'imaginer l'ailleurs.

Ma première meilleure amie s'appelait Catherine. Catherine Einman. Son père était horticulteur et ils habitaient sur la rue des Marronniers, à Rosemont, près de ce qui sera plus tard le Parc olympique. Catherine avait tout ce que je n'avais pas. La beauté, la grâce et un rapport à la terre. Elle me parlait de la pépinière familiale à Sainte-Dorothée et je rêvais de devenir un jour fleuriste. Je rêvais aussi de disparaître, d'être réduite au néant afin qu'il n'existe plus qu'une seule Catherine. La plus belle de toutes, la Catherine aux fleurs, celle qui avait le droit à la terre et qui habitait dans les arbres.

À Pezou, derrière la propriété de Tante Suzanne, s'étendait un magnifique jardin que je découvre à trois ans. Dans cette minuscule commune située dans la vallée de la Loire, pas très loin de Blois, tout pousse aisément. À cet âge-là, j'imagine que les plantes donnent parfois des fleurs, mais jamais je ne pense que dans le jardin pouvaient naître les framboises et les fraises que j'affectionne tant. Je l'apprends, émerveillée, quand Tante Suzanne m'emmène avec elle cueillir un plein panier de groseilles que nous mangerons au dessert durant la visite de sa sœur Colette. Les fleurs et les fruits ont quelque chose en commun. Ce sont des cousins, des frères. Ils composent une famille.

Maman hésite à me laisser aller au jardin, de peur que je n'ennuie sa tante. Mais elle se rassure en me faisant promettre de rester une enfant sage. *Je suis toujours une enfant sage, comment peux-tu en douter ?* Avec Suzanne qui me tient par la main, j'ai l'impression de pénétrer un espace sacré. Sur les murs des communs, les logements de service (Suzanne avait toute une série de domestiques après avoir fait un excellent mariage avec un vieil homme), poussent des vignes lourdes de grappes. Il y a aussi dans le potager des tomates, des courges, et j'aperçois vite des salades hirsutes qui sortent de la terre. Nous défilons devant une allée de poiriers et de mirabelliers, d'arbres fruitiers de toutes sortes dont j'oublie les noms et qui forment un savoureux verger. Suzanne se rappelle que j'aime les poires. Sa bonne Françoise m'en donne toujours pour le goûter, avec un petit morceau de chocolat. Ma grand-tante demande donc au jardinier qui travaille là de me procurer quelques fruits. Je n'avais jamais pu penser que la nourriture venait de la générosité de la nature. Je l'avais toujours crue faite au supermarché, au Steinberg ou au Dominion à partir de je ne sais quoi. Dans ce moment de grâce, je découvre l'origine de la chair, celle des fruits et des légumes de toutes les couleurs que je trouve si bons.

Les enfants, comme le voudrait la légende, poussent dans les choux. Cela me remplit d'allégresse. Je crois apercevoir un bébé dans un potiron. En fait, en ce jour de 1964, je ne peux que croire aux choux fécondés et aux citrouilles enceintes. Je comprends qu'ils mettent au monde de nombreux bébés que le jardinier récoltera un jour avant qu'ils n'aient faim et dévorent le légume matriciel trop généreux.

Bien que Maman vienne d'accoucher de mon frère et que je l'aie vue vivre une grossesse qui transformait son corps, je crois que le jardin est une vraie pouponnière. Suzanne me raconte ce magnifique canular du chou maternel en pointant du doigt les rangées de carottes et de navets. Je suis émerveillée. Je renie ma mère. Je veux avoir été enfantée par un gros légume vert. Cela semble plus juste qu'être née de Maman et de Papa.

Voilà mon premier roman familial.

Toute ma vie, je resterai folle des poires et des mirabelles dont je m'empiffre cette année-là, puisque je finis par aller les cueillir seule, montant dans une échelle bien trop haute pour moi, *sans ta permission.*

À Pezou naquit en 1834 Adrien René Franchet. Cela, je l'appris beaucoup plus tard par hasard. Franchet était un grand botaniste français qui travailla au Jardin des Plantes à Paris comme spécialiste des fleurs du Japon et du Loir-et-Cher, établissant d'étranges liens naturels entre l'Extrême-Orient fabuleux et ce petit village de Pezou où je séjourne en 1964. Franchet développe ses connaissances en botanique à partir de collections répertoriées par les missionnaires partis en Asie centrale, au Tibet et jusqu'au bout de la Chine. Il écrit un ouvrage sur lequel je suis tombée récemment en consultant le site Gallica de la Bibliothèque nationale de France, *Plantae davidianae ex sinarum imperio*. On doit à Franchet l'identification de plus de 172 rhododendrons, ces fleurs aux couleurs extravagantes que l'on croise autant en Birmanie, au Népal, en France qu'au Québec.

J'aime penser à cet homme dont l'esprit hantait Pezou et le jardin de Suzanne, cet homme qui arrivait à tenir et voir le monde entier à partir d'une fleur de la Chine ou de la Loire. C'est parmi les rhododendrons que, devant la baie de Dublin, Leopold demande à Molly Bloom (si fleurissante) de l'épouser dans *Ulysses*. Les rhododendrons, malgré leur nom un peu rude, pétaradant, servent l'amour.

Je ne me souviens pas si le jardin de Tante Suzanne accueillait des rhododendrons ou de quelconques azalées. Je me rappelle la nourriture et l'idée d'un jardin matriciel. Je me rappelle aussi monsieur Hubert, l'amant de la fille de Suzanne. Hubert qui avait toujours une fleur à la boutonnière et puis un sucrier en cristal et argent, reposant sur la table, à ses côtés. Je saupoudrais de sucre les framboises qui venaient de la terre derrière la maison. Je me régalais, éberluée que la vie soit simplement à portée de main.

Dans le jardin.

J'écris à tous que tu es morte. Ma mère est morte le premier juin dernier. Un jour, je devrai écrire le premier juin 2019. Le temps passera. Peut-être... en fait, je l'espère.

« Ma mère est morte », que je leur dis ou écris.

Tu ne serais pas d'accord que je me permette un tel outrage, une phrase aussi brutale pour parler de toi. Tu détestais que je dise : « Ma mère » et tu n'accepterais pas que je me résigne à ta mort en l'annonçant.

Je voudrais dire quelque chose comme : « J'ai mal... ma mère. J'ai mal. »

Je suis allée voir ta tombe hier, c'était dimanche.

Maman détestait les dimanches et je me suis dit que je viendrais lui tenir un peu compagnie. En fait, elle avait surtout en horreur le dimanche soir, car le lendemain toute sa petite famille reprendrait le chemin de l'école ou du travail et elle, elle passerait seule sa journée à repasser ou à nettoyer nos vêtements, les parquets et la maison. Maman n'aimait pas les travaux ménagers, mais elle n'avait pas le courage de nous quitter. Pourtant, dans son journal intime, elle se promet chaque jour une fuite, loin de sa famille. *« Qu'est-ce que j'en ai marre. Je vais tous les laisser. »*

Gardait-elle un traumatisme dominical de son enfance ? Que faisaient les gens le dimanche à Villers-Bocage ? Toutes les trois semaines, la petite Denise retournait chez elle, laissant son pensionnat et ses amies à Vire pour rendre visite à ses parents. Et puis elle devait repartir vers l'école, le dimanche… Plus tard, avec nous, sa troisième famille, rêvait-elle de se sauver des dimanches, c'est-à-dire de ne pas recommencer une autre semaine terrible où elle serait la seule du clan à ne pas avoir droit de sortie ?

Pourquoi acceptais-tu de ne pas quitter la serre dans laquelle depuis longtemps tu ne t'épanouissais plus ?

Par la fenêtre de mon salon, je regarde l'Hôpital général de Montréal. Quand je suis arrivée dans cet appartement, j'ai pensé qu'en levant la tête je songerais à Sean qui est mort là, il y a quelques années.

Sean apparemment aimait l'idée d'être dans une chambre qui donnait sur la montagne, pas très loin du cimetière où il souhaitait être enterré. Mais depuis l'absence de Maman, celle de son corps, de sa voix, lorsque mes yeux se lèvent de mon clavier pour chercher la suite de ma phrase, je tombe non seulement sur Sean mais aussi sur Maman.

C'est dans une chambre à 600 mètres de chez moi, à vol d'oiseau, que tu as fini ta vie. Dans la nuit, tu as fermé la parenthèse qu'a été ton existence.

J'ai beaucoup de chagrin de savoir que tu as dû quitter ce monde, là. Pas loin de chez moi, mais très, très loin d'où tu venais, de ta Normandie, de ta France chérie.

Je suis arrivée et tu venais de mourir. Je suis allée vers toi, mais tu n'y étais pas. J'ai vraiment cru que tu allais me parler, qu'en me voyant m'approcher de toi, tu mettrais fin à cette mauvaise blague qui m'a réveillée à 4 h 48 du matin.

Une jeune fille a fait résonner dans ma chambre le bruit strident du téléphone. Elle n'avait visiblement pas l'habitude d'annoncer des choses terribles. Moi... j'ai su immédiatement que c'était grave. J'avais pourtant toujours eu l'idée que j'aiderais Maman à passer de vie à néant, ou du néant qu'est la vie à cet autre néant inimaginable où elle se trouve maintenant depuis presque un an.

J'ai appelé mon frère, sachant d'avance sa douleur. Nous nous sommes retrouvés vingt minutes plus tard devant l'hôpital où Sean était mort. Et je me suis dit que Sean venait de disparaître un peu. *Je passerais dorénavant devant l'hôpital en oubliant mon ami. Tu prendrais toute la place, et l'Hôpital général de Montréal serait à jamais lié à toi. J'avais tort. Sean t'accompagne. Lui saura te parler. Il a aussi mauvais caractère que toi.*

L'année avant ta mort, je me suis rendue chaque semaine dans le hall de ce même hôpital chercher Lou qui y faisait du bénévolat auprès des dialysés. Et toutes les semaines, j'ai pensé à Sean, ne pouvant deviner que Maman allait aussi mourir au Montreal General Hospital, comme on disait quand j'étais enfant.

Où es-tu, toi l'absente ? Je t'imagine avec Sean, enseve-lie dans la végétation foisonnante du cimetière Notre-Dame-des-Neiges. Je voudrais vous rêver ensemble en train de faire là-bas quelque incantation diabolique, exécuter quelque danse macabre, parmi les fleurs qui vous entourent. Mais que veux-tu, je n'ai jamais cru en rien, sauf peut-être en toi.

Et maintenant que tu n'es plus là, je me retrouve Gros-Jean comme devant.

Je n'avais pas compris à l'époque de mon premier livre, *Deuils cannibales et mélancoliques*, à l'époque où les amis tombaient comme des mouches et que l'on effaçait au plus vite les traces de leur existence, je n'avais pas compris que ce seraient eux qui, en rêve, viendraient un jour me parler de sa mort à elle. Je n'avais pas compris qu'en moi, ils se faufileraient pour m'aider à imaginer son effacement.

De mon salon, je lève la tête et je pense à Maman, *toi*, elle qui n'est plus, à celle que je ne reverrai jamais, sauf parfois peut-être en rêve. Et les rêves sont tellement aléatoires.

De mon salon qui donne sur la rue Sherbrooke, je regarde les fenêtres de l'hôpital.

C'est au quatorzième étage que tu es morte.

Après avoir constaté dans la chambre devenue funéraire que la mort l'avait envahie et qu'elle n'était plus, j'ai délaissé son corps mort pour aller m'asseoir au bord de la fenêtre. La vue était à couper le souffle… Le jour se levait sur le fleuve. Je savais que Maman n'avait pas pu regarder dehors, la nuit de son engloutissement dans le néant. *Tu ne regardais jamais dehors : les paysages ne te faisaient ni chaud ni froid.* Et puis Maman avait été montée au quatorzième étage tard le soir précédent. Dans cette dernière demeure, elle n'avait passé que quelques heures avec la ville à ses pieds. Devant elle s'étalait une des plus belles vues de Montréal. Je devais venir la chercher à 9 h ce matin-là, mais son cœur s'est arrêté, vers 4 h 30.

C'est ce que j'ai cru comprendre. Ce que je reconstruis.

La jeune fille maladroite ne m'a pas appelée tout de suite. Elle a dû consulter ses supérieurs avant de le faire.

De la vue que tu n'as pas vue, toi, j'ai regardé le soleil apparaître au loin au-dessus de mon immeuble. De ta dernière chambre, tu aurais pu contempler les fenêtres de chez moi, si cela t'avait été possible ou encore tu aurais pu observer la lumière du jour teinter les toits de Montréal et le fleuve Saint-Laurent. Mais tu étais trop fatiguée ce jour-là. Tu étais en train de mourir et les beautés de ce monde qui ne t'avaient jamais intéressée ne pouvaient plus te toucher.

Je n'ai jamais connu quelqu'un de moins sensible au charme des paysages que Maman. Enfant, j'ai cru que la vie à l'extérieur de notre appartement n'avait aucun intérêt. Puis, j'ai constaté que le ciel changeait, que les arbres poussaient, que les fleurs vivaient et mouraient. Et je crois, oui, je crois que cela m'a émue de comprendre que l'existence ne tenait pas qu'à notre petite cellule familiale toute riquiqui. Mais Maman détestait profondément ce monde, ou peut-être était-ce seulement Montréal qu'elle n'aimait pas. *Quel était ton véritable objet de détestation ? Je n'ai jamais pu en avoir le cœur net.* Il faut croire que le soleil ne la caressait pas comme il me caresse.

Pourtant ma mère détestait la pluie, sans pourtant arriver à aimer la chaleur solaire. Peu de choses l'émerveillaient et moi, quand je lève la tête et que je vois les fenêtres du Montreal General Hospital, surtout à la fin de l'automne et durant l'hiver, quand les feuilles des arbres sont tombées, quand je me retrouve devant la nudité de la façade de l'établissement, je suis éblouie par le soleil qui joue sur les vitres de l'édifice en haut de la Côte-des-Neiges et qui se couche lentement. *Et je me sens coupable de pouvoir aimer ce soleil, non pas parce que tu es maintenant l'absente et que je suis encore un peu la vivante, mais simplement parce que je me suis toujours sentie très mal d'adorer les arbres, le ciel, les branches, les rayons du soleil alors que tu ne les aimais pas.* Jc me sens très coupable, comme lorsque j'étais enfant, de croire un peu à la douceur de la vie, de la nature, alors que Maman n'aimait rien, sauf peut-être les fleurs coupées, les fleurs captives dans des pots, et qu'elle continue dans ce lieu impensable où elle se retrouve maintenant, à ne pas pouvoir aimer.

Rodney m'a donné un conseil : « Parle à ta mère, il faut continuer à parler à ta mère. » *Voilà pourquoi j'ai décidé ici de m'adresser à toi.*

De son vivant, il me semble que je ne lui parlais jamais. Nous bavardions de tout, mais jamais je n'aurais osé lui dire quelque chose de très intime, jamais elle ne se serait abandonnée à me confier une histoire qui l'aurait touchée. Nous parlions, mais *tu ne me parlais pas. Je ne te parlais pas.* Je ne veux pas dire que nos conversations étaient vaines ou futiles. Ce serait une erreur de nous imaginer superficielles. *Nous parlions de sujets dont je n'aurais jamais parlé seule, nous parlions comme vous parliez, toi et Madeleine, toi et Raymonde, toi et Jane, toi et Claude, toi et tes amies françaises. Je devenais une de tes copines. Nous parlions, je le disais, à la française et avec toi, j'étais la plus parisienne des femmes. Pas du tout Inès de la Fressange, mais plutôt Céline, Louis-Ferdinand.* J'avais avec Maman de la gouaille et l'accent de la capitale en 1946, l'année où elle était partie vivre chez ses beaux-parents à Saint-Germain-des-Prés.

L'hiver 1946-47 a été terriblement froid. Maman était enceinte de son premier fils. Elle allait travailler en traversant Paris sous la neige. Après la naissance de Patrick, le 14 mai, l'été fut spectaculairement chaud. La végétation française s'en donnait à cœur joie sur le territoire. Le petit était parti en Normandie vivre chez sa grand-mère Flora, pas très loin de la mer, et profitait, bienheureux, de la fraîcheur de la campagne.

De cette année 1947, tu avais gardé un souvenir très fort. Quand il neigeait beaucoup à Montréal ou quand il faisait très, très chaud l'été, tu évoquais les températures parisiennes qui avaient eu cours durant ta première année dans la grande ville. L'année 1947 était devenue la mesure de ce que nous vivions. La vie à Paris avait semblé agréable à ma mère. Pourtant, elle n'évoquait jamais rien de précis, si ce n'est le climat de 1947. Je ne sais pas à quoi elle songeait, quels étaient les souvenirs de sa vingtaine laborieuse alors qu'elle travaillait dans un bureau de poste.

Je connais si peu de ta vie passée. Tout ce que je crois avoir compris, c'est que tu ne recevais jamais de fleurs de ton premier mari. Il n'avait pas de tels gestes envers toi. Le second époux, mon père, lui, l'aura gâtée en fleurs coupées. Sur les photos de l'époque, on voit toujours Maman à côté de gerbes de fleurs pour son anniversaire, la Sainte-Denise, la Saint-Valentin, la fête des Mères, Pâques et Noël. *Ton deuxième mari était généreux. Il devait te faire oublier ses absences, comme ses infidélités.*

Les fleurs ont un parfum de remords.

Hier soir, au lancement de Dora, j'étais suspendue à sa voix d'enfant enrouée.

Comme je tiens à la voix de Dora… Elle me rappelle celle de ma mère, une voix qui vient d'une France en train de disparaître, donnant naissance à d'autres accents, d'autres paroles florissantes, une voix que je chéris comme une voix ancienne, maternelle, enveloppante dans son aplomb.

De temps à autre, je mange avec Dora au restaurant pas loin de chez elle. Elle me parle de ses projets, d'elle petite pendant la guerre, de sa venue au Québec, de sa sœur en France. *Je l'écoute, avide, comme si elle faisait retentir en moi ta voix française d'exilée ici, dans ce pays que tu n'arrivais pas à faire tien.* De Dora, j'aime l'intelligence exceptionnelle, l'intransigeance dans la pensée et la force.

Maman ne voulait pas réfléchir sur le monde, sur l'Histoire, la littérature ou simplement la vie. Quelque chose en elle se refusait à aller au-delà de certaines apparences, des conventions. Même si, comme Dora, elle tenait son journal tous les jours, elle n'y notait que des insignifiances, des impuissances, des pépins : nos fièvres, nos absences à l'école, les appels à ses sœurs aux États-Unis, à sa tante en France, et son désir de partir : « Qu'est-ce que j'en ai marre ! » Rien, absolument rien. Mais comme Dora, ma mère tenait à consigner son présent, à marquer quelque chose du temps.

Ces deux femmes avaient vécu la guerre. Est-ce ce genre d'expérience qui pousse à inscrire, à retenir le temps qui passe ?

Je me demande souvent ce qui adviendra des cahiers de Dora. Que vais-je faire de tous ces carnets que Maman ne nous a même pas laissés, mais qu'elle a simplement déposés dans son bureau chinois et qu'elle a oubliés ? Depuis sa mort, je les relis sans cesse, tentant d'y retrouver des moments qui auraient échappé à ma mémoire.

En vain. *Il me semble que tout ce que tu as écrit, je ne le connais que trop.*

Maman a dressé dans ses journaux un tableau très composé de nos existences. Une espèce de façade mensongère qui s'appelle la vie. Mais l'essentiel me semble manquer. Ou alors c'est le contraire, il n'y a rien d'autre que cela, l'essentiel, c'est-à-dire l'anodin. Et ce que j'ai ressenti, ou ce que ma mère a pu souffrir ou aimer durant ses années au Canada ne compte pas en regard de la marche affairée des heures. Les journaux sont un petit monument de mémoire : ils célèbrent maladroitement notre présence sur terre. Nous étions déjà si futiles, vivants. Morts, nous ne pourrons l'être que davantage.

Dora reste une grande intellectuelle, celle que je me suis imaginée devenir quand j'étais jeune et que je ne voulais pas être comme Maman, prise à élever des enfants dans le fin fond d'une banlieue montréalaise. La voici malade depuis deux ans, luttant contre un cancer. Au cours d'un lunch où elle avait à peine la force de se rendre pour venir bavarder avec moi, je l'ai entendue dire que personne jamais ne l'avait sortie de son anonymat, qu'elle se voyait comme une fleur de l'ombre. J'avais beau lui répliquer qu'elle était fort connue, que ses livres parlaient pour elle, qu'ils continueraient à le faire, elle ne démordait pas de cette idée qu'elle n'était sous les feux d'aucune rampe. J'ai fini par lui dire : « Enfin ! vous n'avez rien d'un hellébore, vous êtes une orchidée », mais Dora ne semblait pas me comprendre.

Malgré ma volonté de la rassurer, je saisissais très bien ce qu'elle déplorait. Aucune célébrité ne peut venir, dans les derniers temps de notre passage sur terre, nous donner l'impression de ne pas être une plante de l'ombre, de ne pas faire partie du commun des mortels, comme on dit. Vers la fin, on ne peut retourner qu'à ce « commun » qu'est la mort qui échoit à tous et à toutes. Les lumières et les projecteurs ne font plus que nous aveugler. En quête de chair fraîche, ils se détournent de nos corps misérables et anodins.

La mort est toujours une espèce de retour à un anonymat originel. Nous l'oublions dès que nous nommons l'enfant qui apparaît. Mais tous les prénoms du monde, tous les baptêmes fantasmatiques ne peuvent effacer le fait que l'on naît, l'on meurt de façon impersonnelle, sauvage. La civilisation ne tient plus.

Elle, Denise Mavrikakis, dans le monde des vivants, est encore là comme une personne décédée. Elle a laissé des traces dérisoires. Elle continue à vivre morte, même si j'ai fermé ses comptes de banque, même si j'ai envoyé des cartes de remerciements et des faire-part à beaucoup de ses proches et même si je reçois encore, en sursautant des papiers à son nom.

Mais tu n'es pas vraiment morte, toi, ma rose, ma mignonne.

Tu as disparu comme un arbre ou une fleur qui a fait son temps.

Tu n'es pas morte.

Tous les êtres vivants sont un jour réduits à néant. *On meurt et on est mortes toutes les deux le premier juin 2019. Comme deux roses à la fin d'une journée d'été.*

Ô vraiment marâtre Nature,
Puisqu'une telle fleur ne dure
Que du matin jusques au soir!

J'ai entendu récemment ma jeune voix quand j'animais une petite émission sur le rêve. Depuis, mon ton s'est affirmé, il a pris de l'ampleur, du calme, de la gravité.

Je ne l'aime que parce qu'il me rappelle le tien. Tu n'aimais pas que je bafouille, que je bredouille.

Maman m'avait envoyée dans de bonnes écoles pour que j'apprenne à m'exprimer en public, pour que je ne reste pas « plantée là comme un poireau » quand les gens s'adressaient à moi. Pour ma mère, j'avais tout d'une « fleur de nave ». Elle disait toujours : « Ton frère s'exprime mieux que toi, il a plus d'aplomb. » Moi, je pense tout haut, je vais dans tous les sens. Elle ne me le pardonnait pas.

J'étais un jardin sauvage que tu ne pouvais contenir. Cela a dû te faire souffrir, t'agacer. Tu t'inquiétais pour moi, peut-être. Et puis j'ai acquis ta voix, la française des grands jours, ma voix de 14 Juillet, comme je l'appelle, celle des défilés et des adresses à la nation, et tu m'as davantage aimée. Nous parlions enfin la même langue.

J'ai l'habitude de demander à mes amis quel parfum ils ou elles portent. Je respire les êtres comme on hume les fleurs. Je me mets à renifler bruyamment dès que je serre quelqu'un dans mes bras. Il y a Juliette qui sent toujours bon. Pascale qui exhale Rive Gauche d'Yves Saint Laurent, Denise, un Paloma Picasso, Claire, un Serge Lutens. C'est mon amie Solange B. qui m'a permis un modeste savoir sur les effluves. Bien avant qu'elle commence à tenir son blogue, elle me racontait ses parfums.

Voyou, Habanita, Chanel nº 19, tu avais toujours plusieurs flacons sur ta commode. Tu les rangeais tous sur un plateau d'argent et parfois, quand je te savais occupée à la cuisine, j'allais les sentir ou encore je m'en mettais une goutte derrière les oreilles. Tu ne le remarquais pas.

Je ne pense pas que ma mère ait cultivé son odorat. Elle aimait des parfums les bouteilles, les couleurs ambrées ou mordorées, les noms des marques qui la ramenaient à un charme suranné.

Quand je suis allée la première fois seule à Paris chez Tante Suzanne, rue de Naples, elle m'a demandé de la suivre dans sa chambre pour que nous y regardions une photo de toi. J'ai aussitôt remarqué un plateau d'argent couvert de bouteilles de parfum aux formes oblongues ou rondelettes en cristal de Lalique ou en métal noir serti d'or. C'est de ta tante que tu avais pris ce goût pour les flacons. Une femme chic possédait un plateau de parfums.

Voilà que j'ai hérité du tien.

Mais que faire de toutes ces odeurs qui finissent par tourner et me lever le cœur ?

Parfois, à l'improviste, tu me manques atrocement. Je voudrais prendre mon vieil appareil téléphonique et t'appeler comme je le faisais si souvent. Tu étais toujours là, tu ne sortais pas. Peut-être avais-tu dédié ta vie à attendre les appels de tes enfants.

Comment savoir quelque chose de sa mère ?

Hier soir, oui, j'ai pensé t'appeler. Nous avions l'habitude de nous parler au téléphone, tu n'étais là que dans cette distance, une distance entre vivantes. Pas la distance de la mort.

J'ai donc pris le combiné et puis tout à coup, j'ai compris qu'elle ne pouvait me répondre. En tout cas pas au 514 341-4634.

Je téléphonais à ma mère tous les jours.

Ne pas pouvoir composer ton numéro de téléphone me fait très mal. Me reviennent en tête tous les numéros auxquels je t'ai appelée durant ma vie, et même s'il y en a un bon nombre dans ma mémoire, aucun ne fonctionnerait maintenant.

J'entends encore ta voix sur le répondeur, affirmée et forte. Et puis, celle qui approchait de la mort. Je superpose les temps, celui de ta voix d'agonisante et celui de ta voix plus jeune, que tu avais confiée au répondeur. Je ne sais pas si cela me fait du bien de penser à toi, mais je ne peux m'en priver.

Son absence est comme une présence.

Ton absence si présente.

Chirac est mort cet automne. J'ai repassé dans mon esprit tous les commentaires que Maman m'aurait faits sur cet événement. Elle m'aurait répété plein de choses sur ses maîtresses et ses femmes. Un bric-à-brac de remarques. « C'était un coureur… un salaud. Mais ils avaient perdu leur fille, les Chirac. » J'aurais ri sans trop savoir quoi dire. *J'aurais enchaîné sur Macron et tu m'aurais affirmé une autre fois que sa femme est beaucoup trop vieille pour lui, même si tu comptais fièrement neuf ans de plus que Papa.*

Dans la salle d'attente de l'hôpital, où j'attends les résultats de mes tests qu'un médecin nonchalant, mais surtout très pressé, me livrera sans émotion, je me rappelle combien ma mère aimait les médecins. Elle leur apportait souvent des cadeaux sur lesquels ils jetaient un regard méprisant. Souvent, je la suppliais de ne pas faire cela, de ne pas apporter un petit quelque chose à ces vieux hommes qui n'étaient pas toujours sympathiques avec la dame âgée et admirative qu'elle leur présentait. *Mais tu insistais. Après ton rendez-vous, tu disais toujours : « On a parlé de la France, où il va passer ses vacances. Il m'a à la bonne, le doc, tu sais… il m'a dit que je pouvais venir le voir quand je le voulais. » Tu vivais là avec les médecins un amour vibrant.* Bien sûr, c'étaient des hommes. Les femmes médecins, ma mère ne les détestait pas, mais quand même, elle s'en méfiait. Pour moi, elle n'avait jamais rêvé d'études de médecine ou de sciences. Nous n'allions pas changer le monde, seulement le reproduire intact.

Le monde, il te semblait très bien comme cela.

Pas à moi.

J'ai parlé hier à Chimène de la mère morte, de celle dont parle André Green dans *Narcissisme de vie, narcissisme de mort. À toi vivante, je n'aurais jamais mentionné des concepts psychanalytiques. Cela ne t'intéressait guère, tout cela, je veux dire, ce en quoi je tiens le plus : mon approche psychanalytique de nos vies. Mais maintenant que tu es morte, je peux tout te dire et converser avec toi de Freud ou de Lacan. Tu m'écoutes, tu commentes.*

En fait, Maman ne le savait pas mais elle m'a tout appris d'eux sans les avoir lus : les hystériques, les secrets de famille, la toute petite bourgeoisie revancharde qui joue à être forte, les incestes enfouis dans des silences, les mariages malheureux, les membres fantômes du grand-père, la psychose du fils, tout, tout dans notre famille m'a conduite sur le divan.

En analyse, longtemps je ne parlai que de toi.

Je couchai ma mère sur ce grand canapé jaune à fleurs et je fis ce qu'elle n'avait pas su faire : me délester du poids de la folie des aïeux. Parler de l'hôpital psychiatrique Maison Blanche, où le fils aîné a passé beaucoup de temps, comme la poète Unica Zürn, penser à Œdipe quand mes pieds enflaient ou encore évoquer la condensation de mes rêves où Maman paraissait toujours multiple, inépuisable, hermétique.

La mère morte, c'est une notion qui renvoie à l'enfance. La mère se meurt quand pour l'enfant sa maman s'absente. La mère est morte lorsqu'elle se retire en elle pour faire un deuil, pour vivre un chagrin, pour soigner en son for intérieur sa dépression.

Tu as été ma mère morte, bien avant ta mort réelle en juin 2019. Tu étais ma mère morte dès 1961. C'est toi qui me l'as raconté.

Sur le bateau qui nous ramenait de France en octobre de cette année-là, Maman n'arrivait pas à s'occuper de moi. Le mal de mer, disait-elle alors que je l'entendais nommer son mal à elle, le mal de sa propre mère. Sur le *France*, Maman me laissait seule dans mon lit. J'avais dix mois. Une stewardess apparemment a eu pitié de moi. Elle me promenait sur le pont, pendant ses temps libres. *Maman, tu ne pouvais bouger, ton corps secoué de nausées épouvantables. Tu étais déjà morte pour ta fille. Absente, toujours absente. Puis la naissance de Nicolas t'a éloignée davantage, non pas parce que tu t'occupais beaucoup de lui. Non ! Mais parce que tes Librium et ton post-partum (pas ton premier d'ailleurs) te mettaient en quarantaine.*

Oui, nous avions une mère morte, une maman absente à nous, et je pense à ma mère comme à celle qui n'arrivait pas à être là. Elle restait cette femme française qu'elle avait été et qu'elle avait laissée à Paris en 1957, cette jeune femme qui s'était un jour rebellée contre ses parents et qui s'était mariée à l'église de Saint-Germain-des-Prés, sans demander leur permission.

Quand sa mère, Flora, a succombé à un problème de cœur en 1971, Maman avait au moins un prétexte pour se présenter à nous endeuillée. Elle avait pourtant passé sa vie canadienne (*c'est comme cela que tu l'appelais et j'avais beau te reprendre, jamais tu ne prononçais le mot « québécoise »*) en dépression, quelque part dans ses souvenirs de la Deuxième Guerre mondiale. C'est comme si l'exil, l'immigration avaient réussi à effacer de belles années dont je n'ai jamais rien su.

Du « Saint-Germain-des-Prés-fleuris » de 1946 à 1957, Maman se souvenait peu. Elle évoquait plus volontiers avec nous ses traumatismes antérieurs, les cadavres sur la route et les morts de toutes formes. *Tu ne m'as pas fait rêver de Paris. Tu as produit en moi l'horreur de la guerre, qui s'est lovée dans mon corps pour toujours.* Avec moi, je l'espère, s'arrêteront peut-être les bruits des bombardements, les tremblements de la chaussée que causent les tanks dans les rues de Villers-Bocage et la terreur devant le trou qu'une bombe a laissé à la place du bureau de tabac que géraient les grands-parents. Avec moi peut-être, et je n'en suis pas sûre. J'espère ne pas avoir passé 1939-1945 à ma fille. Je voudrais lui offrir quelques maigres bourgeons de l'avenir.

Dans ton lit... Toutes les dernières années, tu étais dans ton lit, enfouie dans ce king size bed, *comme tu aimais le dire en anglais, puisque le gigantesque du moderne restait pour toi américain.*

Recouverte de ses couvertures en mohair, Maman se couchait parmi ses oreillers gros de duvet d'oie et de canard. Ses draps de soie roses, très fins, la protégeaient de ce monde. À côté d'elle, le téléphone, pour nous appeler en cas d'urgence, la télécommande (dont elle ne se servait pas puisqu'elle laissait toujours TV5), son eau de mélisse des Carmes et puis du sucre, au cas où elle aurait eu un malaise. Enfin des biscuits. Une larme d'alcool sur du chocolat la requinquait. *Il te fallait tout cela à portée de la main.*

Quand j'arrivais chez Maman, il me suffisait de passer la porte d'entrée, qu'elle laissait ouverte le jour, pour que je l'aperçoive de loin ainsi installée dans son royaume. La tête de lit en velours violet capitonné donnait à son corps allongé quelque chose de princier. Comme Louis XIV, Maman recevait dans sa chambre et nous devions aller lui baiser le front, en nous penchant vers elle, sans déranger sa pose aristocrate.

Lorsque son chien était encore vivant, il aboyait un peu pour la forme à mon apparition et puis à sa mort, Maman semblait davantage s'ennuyer de ses cris rauques qu'apprécier ma venue. La télé vociférait toujours et il fallait que je l'éteigne un instant ou que je baisse le son pour parler. *Je te faisais te lever.* Contre son gré, Maman enfilait une robe de chambre et des chaussons dorés trop petits pour elle. *Tu avais cette manie de porter des chaussures trop serrées, croyant que les grands pieds donnaient un air bête aux femmes.* Maman était une Cendrillon ou une impératrice chinoise aux pieds bandés. Elle se prenait les pinglots (c'était son expression) dans les carpettes qui jonchaient son parcours de la chambre au salon et malgré mes supplications, mes menaces et mes prédictions apocalyptiques, elle refusait de se départir de ses boukharas et de ses kilims.

Tu t'es donc pris les chaussons dans un tapis à fleurs le 10 mars 2018. Boum ! Tu t'es cassé l'épaule, tu es allée à l'hôpital et tu n'es plus jamais rentrée chez toi. Tu es morte dans une résidence au carrelage en linoléum. Tu ne voulais rien entendre.

Et tu ne savais vivre sans tapis.

J'aime me promener au cimetière, marcher sur les tombes, m'arrêter un instant devant un monument bizarre, un nom qui me fait des signes étranges ou que je crois reconnaître, m'attarder parmi les fleurs et les plantes, me perdre parmi les morts.

J'ai appris à conduire dans les allées du cimetière. Là, je me disais sans cesse que je ne pouvais tuer personne. *Maintenant au cimetière, là où tu es, en n'étant plus, là où tu ne seras plus jamais, je préfère me balader à pied.*

Pour aller vers ma Maman, j'erre longtemps à travers les tombeaux, j'imagine des vies brisées, des parcours avortés, banals. D'autres existences longues et fructueuses s'étendent à mes pieds. Je décrypte le sens des dates, des patronymes et des prénoms sur les pierres tombales. Je rêve d'amours passionnées, d'abandons anodins, de douleurs indicibles et de chagrins trop amers.

Le soleil dans les arbres jaunes m'a consolée hier. *Je t'y ai vue...* Pourtant s'il y a un lieu où Maman ne pourrait se retrouver, ce serait dans la nature montréalaise.

Rien ici ne lui paraissait doux ou encore poétique. J'ai toujours entretenu un rapport étrange à la beauté du Québec. *Comme si cette poésie du Nouveau-Monde, tu me l'avais interdite.* Il n'y avait que l'Europe. Toujours l'Europe pour toi, cette Europe grandiose dont notre mère a entretenu le mythe en nous. Montréal semblait une pauvresse à côté de toute cité française.

Olden a fait construire à la mémoire de ses parents un cénotaphe, sur lequel il a inscrit un texte en hommage à sa famille d'immigrants. Pour les siens, Olden a vu grand.

Moi j'ai été un peu chiche avec toi et avec ton mari, mon père. Je vous ai donné une toute petite place, un minuscule trou pour vos urnes de sable, un sable des Îles de la Madeleine, m'a-t-on dit, qui se décompose rapidement. Pour vous faire entrer là-dedans, vos corps ont été réduits en cendres. Vite, vite. La pierre ne paie pas de mine. Elle est d'un rose un peu terne, taillée dans un marbre grossier sur lequel on peut lire vos noms, vos dates de naissance et de mort. Rien de plus. Je vous ai mis tout au bout du cimetière. Il ne restait plus de place ailleurs. Des arbres, il en pousse peu dans votre voisinage. Mais vous êtes bien entourés, même si je sais que cela vous serait tout à fait égal, puisque vous viviez avec vos enfants, sans lien aux autres.

Pas très loin de la pierre tombale, on retrouve Pierre Vadeboncoeur, Lhasa de Sela et des morts dont l'identité passée me semble apparaître dans l'agencement de leurs sépultures. Avons-nous des pierres tombales à notre image ? *Je ne vous ai pas donné grand-chose. Je l'avoue. Mais vous n'aviez pas voulu discuter d'un lieu pour vous accueillir, d'un endroit pour me recueillir. Vous ne m'avez pas appris à aimer les cimetières en Amérique, puisque vous m'interdisiez, enfant, d'y aller.*

J'ai pensé rassembler tes cendres, Maman, dans une boîte de chocolats ou dans une boîte à biscuits en fer. Je ne l'ai pas fait. Les vivants ne me l'auraient pas pardonné. Et pourtant je sais que ta plus grande joie était d'ouvrir ces boîtes magiques que Nicolas ou moi t'apportions et de les refermer très hermétiquement pour conserver frais le contenu merveilleux qu'elles recélaient jusqu'à la prochaine fois.

J'aurais surtout aimé que vous me parliez d'un jardin québécois plein de fleurs et d'arbres où j'aurais pu aller vous voir, vous parler. J'ai tout inventé et j'ai tout mal fait. J'ai rapaillé quelques choses comme j'ai pu. Sans avoir en moi le moindre sens d'une tradition.

Je vous ai apporté de piètres fleurs glanées dans un dépanneur près de chez moi.

Je voudrais m'excuser de venir si cavalièrement.

Mais je ne le fais pas.

Chaque jour, depuis que tu es morte, je pars en promenade.

J'avais l'habitude d'aller te voir dès que j'avais envie de me balader. Maintenant que tu n'es plus à la résidence Graham, je commence mes déambulations en tournant à gauche juste en bas des marches de mon immeuble. Toute la droite est liée au chemin vers toi. La gauche me permet de t'oublier, de ne pas marcher dans mes propres pas, dans notre passé.

Je monte donc la côte Atwater en ayant toujours un peu mal dans les jambes, puis en allant à gauche, toujours à gauche, j'arrive au parc King George, pas très loin de la maison où a vécu, enfant, Leonard Cohen. En descendant la rue Strathcona ou encore la rue Claremont, j'arrive plus ou moins rapidement au parc Westmount et à ce qui reste de la belle serre et du conservatoire construits en 1927.

Nous n'avons pas souvent exploré cette partie de la ville ensemble. Je crois bien qu'à part dans le centre d'achats qui se trouve sous le Westmount Square, où Maman s'était acheté en 1979 un smoking pour une célébration imaginaire, nous n'avons jamais déambulé toutes les deux dans ce quartier. Même le belvédère que j'ai découvert beaucoup plus tard sur Summit Circle lui était inconnu.

Dans cette partie de la ville, je suis à l'abri de nos souvenirs, de ce que j'ai pu vivre avec elle à Montréal depuis mon enfance. Au parc Westmount, je suis le plan d'eau, je sillonne les sentiers pour sortir vers De Maisonneuve. Sur les trottoirs très passants qui me mènent vers l'est, je ramasse toujours les objets que je trouve. Un bracelet de femme, une chaussure de bébé, un stylo bleu, un autre vert, des sous. Je trouve toujours des tas de choses. Il suffit de regarder, de se pencher. J'ai tout un bouquet de trouvailles chez moi que je mets à la poubelle de temps à autre, pour les remplacer aussitôt.

Au bout d'un petit kilomètre, je me retrouve dans le jardin du Collège Dawson, dédié à la mémoire d'Anastasia De Sousa, assassinée le 13 septembre 2006. Un jeune homme est entré dans le collège et a tiré sur ceux et celles qui étaient là, tuant Anastasia.

Je me rappelle bien cette journée-là, où le beau nom d'Anastasia est apparu sur mon écran de télévision. J'avais été inquiète toute la journée pour les étudiants de Dawson. Je me suis retrouvée très triste de savoir que cette fille au prénom magnifique avait été massacrée. Je me rappelle avoir appelé ma mère pour lui dire : « As-tu vu ce qui est arrivé dans une école ? Une fusillade… une jeune fille est morte. » Pourtant dans son journal, elle n'a rien inscrit à la mémoire d'Anastasia De Sousa. *Dans les pages où tu consignais les événements du jour, tu n'as pas pris la peine de dire quelque chose sur cette petite morte. Il y avait en toi une impossibilité à pleurer pour les autres. Tu ne connaissais que la colère, et j'ai bien peur, maintenant que tu n'es plus là, d'être devenue aussi dure que toi.*

Te pleurer ce matin m'est impossible.

Je suis tombée, en cherchant ce que Maman avait pu écrire le 6 décembre 1989, le jour du massacre de Polytechnique, sur une photo de son chien tout jeune, qu'elle avait déposé entre ses pieds pour qu'il ne lui échappe pas le temps de la prise de vue.

Sur cette image, je ne vois que tes pieds que j'aimais tant. Tes pieds dont les ongles étaient parfaitement vernis et faisaient signe à une absence totale de négligé en toi... Tes pieds, c'est ce que j'aimais le plus chez toi. Ta peau transparente et fine, tes veines bleues et tes orteils qui, malgré tout, n'avaient rien de nerveux ou de crispé. Tout en toi se voulait tension, maintien, mais tes pieds, pourtant très fins, affichaient une mollesse, une douceur.

Petite, je passais pendant des heures la pierre ponce sous les talons de Maman. Quand j'avais fini, j'appliquais très patiemment sur ses jambes une crème à la violette ou à la rose de chez Yardley. *Tu n'aimais pas les crèmes anglaises, tu aurais préféré t'acheter un produit français, mais à Montréal, dans les années 1960, c'est tout ce que tu arrivais à trouver à un prix abordable.*

J'ai passé les derniers mois à lui demander: «À quoi penses-tu?» Je voulais qu'elle me livre quelque secret lointain lové en elle, mais invariablement elle me répondait: «Oh! à rien… je te jure à rien! J'ai la tête vide.»

Je crois que tu ne me mentais pas. Devant la mort, tu voulais absolument ne pas penser.

Maman préférait s'en tenir au présent, à la télévision, sa meilleure amie, qui l'accompagnait jour et nuit, qui demeurait là pour elle.

Je sais qu'elle n'a pas compris pourquoi ses enfants n'étaient pas semblables au téléviseur: simplement là, toujours là, sans jamais faillir. Après tout, Maman avait élevé un fils et une fille pour ses vieux jours. *C'est peut-être parce que nous ne nous sommes pas transformés en télévision, sauf peut-être dans notre travail d'enseignants, que tu es morte avant d'avoir cent ans.*

Tu admirais les vieillards qui avaient survécu à tout. Pour toi, j'étais folle de ne pas avoir de respect pour ceux et celles qui, quoi qu'il arrive, n'acceptent pas la fin. Néanmoins, je le crois fermement, notre absence à toi t'a tuée. Tu voulais tes petits, devenus eux aussi vieux, pour toi, à tout moment, et surtout durant la dernière année. En toi, il y avait ce cri que tu ne pouvais pousser, celui par lequel tu nous appelais. Mais bien sûr, tu ne l'aurais jamais laissé se faire entendre. Tu ne demandais rien à personne. Tu ne m'aurais même pas fait le cadeau de t'attacher à quelqu'un d'autre, à part bien sûr à ta chienne, mais elle était morte quatre ans avant ton déclin.

Tu n'avais donc plus personne.

Je ressasse des morceaux de notre vie ensemble. DJ de la mort, je remixe nos moments les plus doux, les plus cruels. Je nous réinvente. *Tu penserais que je devrais arrêter « ce petit manège » : le passé ne sert à rien. Il n'y a pas à le ruminer. Ton mari et toi partagiez cette façon de vous taire sur vos souffrances les plus violentes. Là-dessus, je ne serai pas votre fille.*

En errant hier dans mon quartier, j'ai vu tous ces arbres qui portent une petite étiquette : abattage. Les frênes de Montréal sont attaqués par l'agrile, une espèce de coléoptères qui sucent le phloème des arbres. Depuis 2012, il y a eu tellement de coupes !

À Ville d'Anjou, dans les années 1960, les arbres venaient d'être plantés dans notre rue. Ils avaient un côté chétif, grotesque. Il me semblait qu'on avait édifié cette banlieue en rasant des arbres pour finalement en planter des « artificiels ». Semblables à notre sapin argenté et tout maigrichon que je sortais chaque année de sa boîte en carton cabossée. Bien sûr, notre sapin s'est retrouvé un jour à la poubelle, il avait perdu ses branches à mesure que nous grandissions. Sa touffeur métallique s'était atrophiée. Maman aimait beaucoup ce faux sapin. Un vrai aurait sali notre appartement avec ses épines qui ne cessaient de tomber. Elle n'appréciait que les choses contrefaites, les similis et les ersatz. *Tu me bourrais d'antibiotiques au moindre rhume et d'antidépresseurs au moindre pleur.* J'étais constamment sous médicament. Et bien sûr, elle réservait le même traitement à son corps qu'à celui de ses enfants. *De cela, bien sûr, je ne t'en veux pas. Comment le pourrais-je ? Tes folies, tes excentricités, je les ai toujours tant aimées… Elles me faisaient rire, même si j'en étais la victime. Et je continue à rire de tout ce que tu m'as fait vivre.* Parce que « cet amour-là », comme dirait Yann Andréa, je continue à le chérir.

Nous nous effaçons lentement, tes parents, ton fils aîné, ton mari, toi, ta belle-fille. Nous retournons à ce blanc dont peut-être nous n'aurions jamais dû sortir. Même ces tombes un peu dérisoires qui tentent de laisser une trace se délaveront de nos noms, de nos existences. Nous nous effaçons. Je me suis réveillée dans la nuit avec ces mots et un mal lancinant dans le côté droit de l'abdomen. Cette parole aurait pu me rassurer dans l'obscurité. Je n'avais pas à penser à l'avenir. La mort… Ce n'est jamais qu'une question de temps.

Et puis, en moi, tout à coup, une sauvagerie. Alors que je patauge dans l'envie de m'abolir surgit de nulle part cet entêtement passionné, irrationnel à aller cueillir des champignons, à ramasser des fleurs dans les champs, à m'étourdir de lumière, à me rouler de joie dans les eaux stagnantes de l'étang du Grand Séminaire de Montréal.

Clément-Éric n'oublie jamais de m'envoyer un bouquet pour mon anniversaire, une peine ou la sortie d'un livre. Du fond des Territoires du Nord-Ouest où il est parti vivre, faisant table rase de sa jeunesse, il ne perd pas une occasion de fleurir notre amitié. Clément-Éric vieillit loin de moi. J'aime énormément le savoir heureux dans ce monde.

Tu ne m'as pas laissé te quitter, t'abandonner à Montréal ou à ta télévision. Tu m'as retenue, sans rien dire, en me souhaitant le pire dès que j'osais m'éloigner. Tu me demandais à chaque voyage le numéro de mon vol pour savoir si mon avion s'écrasait. J'avais pris l'habitude de te donner de fausses heures de départ et d'arrivée. Tu demeurais à l'affût d'une disparition brutale de tes enfants. Tu ne voulais pas que nous partions. Nous méritions la mort.

Ici, je n'écrirai pas la violence, les tortures, les méchancetés. Ici, je n'exposerai pas crûment ma colère. Je transforme tout en petits fragments mélancoliques.

Je te les offre comme un bouquet.

Quand Mallarmé perd son fils de huit ans, il entreprend une série de notes écrites en deux mois qui formeront un texte inachevé, *Pour un tombeau d'Anatole.* À partir d'idées jetées sur deux cent deux feuillets réunis dans une enveloppe rouge, Jean-Pierre Richard publiera en 1961 le texte de Mallarmé que je préfère.

L'œuvre n'a été que projetée par le père endeuillé. Elle aurait peut-être pu voir le jour sous la forme d'un long poème. Mais elle n'eut pas lieu.

Comment Mallarmé aurait-il pu finir un livre sur le deuil de son fils ? Comment aurait-il consenti à faire le deuil du deuil ?

Dans un grand nombre de missives, il parvint pourtant à annoncer la mort de son enfant. Celles du 15 octobre, le jour du décès d'Anatole vont ainsi :

Mon cher Monsieur de Montesquiou,

Au moment où je portais un mot pour vous à la poste, notre cher enfant nous a quittés, doucement, sans le savoir. Je ne veux pas que vous appreniez notre malheur par la lettre de faire-part. Le pauvre petit adoré vous aimait bien.

Stéphane Mallarmé

à Henri Roujon

Mes chers amis,

Notre pauvre petit nous a quittés aujourd'hui à trois heures subitement, sans rien savoir. Je ne voulais pas, après la part que vous avez prise au deuil que je porte en moi depuis longtemps, vous laisser apprendre ceci par la lettre de faire-part.

Stéphane Mallarmé

Mallarmé a-t-il déjà écrit autre chose que la disparition de son fils, même avant cette terrible perte ? Son œuvre ne porte-t-elle pas sur cette douleur impossible, celle qu'il craignait plus que tout ? Au premier Noël sans Anatole, en décembre 1879, il confie à John Ingram : « L'absence de l'être qui fut la flamme et la joie de la maison nous glace, comme le ferait ce froid du dehors qui sévit aux carreaux. » Et il avoue à Jean Marras : « Les années sont dures, il n'y a plus de fête pour nous. » Cette tristesse du poète au moment de la mort de son fils, j'y suis revenue souvent dans ma vie.

Maman, tu ne le savais pas, mais j'ai écrit une grande partie de ma thèse sur Mallarmé. Et étrangement, j'avais le sentiment qu'ainsi je me rapprochais de toi. Bien sûr, tu n'as jamais lu une ligne du poète et je ne crois pas que tu aies même su son nom. Mais quand j'allais rue de Naples, chez ta tante Suzanne Mairesse, je passais toujours devant l'immeuble, rue de Rome, où Mallarmé avait vécu.

Tes liens avec Stéphane Mallarmé n'étaient pas simplement géographiques, localisables. Dans sa façon précieuse d'écrire, dans ce XIXe *siècle qu'il portait en lui tout en annonçant le* XXe *siècle, dans ce suranné où trempe son existence, je voyais une préfiguration de la tienne, toi qui naquis pourtant bien après lui. Par Mallarmé, je découvrais une France et une langue que tu ne connaissais pas bien, mais à laquelle je t'ai toujours identifiée. La vieille France… Celle dont tu avais hérité sans le savoir.*

Par Mallarmé aussi, je connus le deuil anticipé.

Du poète, beaucoup se rappellent le portrait peint par son ami Manet en 1876 ou encore cette photo où il porte un plaid sur ses épaules vraisemblablement frileuses. À ces deux images figées, je préfère celle grâce à laquelle je devine son amour des fleurs dans un décor où le vase du bureau est rempli de roses.

Pour Virginie Pouzet-Duzer, qui nous a offert un très beau texte sur Mallarmé et les fleurs, « le jardin constitue en son effacement même un des secrets échafaudages de l'esthétique mallarméenne». Je suis d'accord. J'ai tout de suite aimé chez Mallarmé la passion des fleurs. Dans nombre de ses poèmes d'abord, bien sûr, mais aussi dans sa correspondance, où il se présente sécateur à la main, tuant les pucerons des rosiers avec de la nicotine en infusion et ainsi s'occupant de son jardin à Valvins. Dans ses moments de détente à Paris, je le retrouve en promenade au parc Monceau, pas loin de chez lui, commentant les magnifiques corbeilles de fleurs. Cet amour floral très mallarméen ne s'arrêtait apparemment pas là. «Le petit cabinet de travail de Mallarmé à Valvins était tapissé d'une cretonne ancienne décorée de roses blanches, mimant le jardin.»

Pour un tombeau d'Anatole... *le livre qui me parle de toi?*

Je n'ai perdu que toi, ma mère. Ma mère vieille, ma mère ingrate, toi dont j'étais l'enfant.

Mais SM cultive sa peine, comme un jardin. Elle n'en a pas fini de renaître. Elle reste une plante vivace, vivante.

La nuit, bien sûr, je pense à toi.

Christine a longuement humé le mimosa du jardin de Georgilia. Elle pensait à sa mère à elle, qui adorait l'odeur de cette fleur. Je ne sais ce que ma tante trouvait comme douceur dans le mimosa. Mais pour Christine, il y a eu ce parfum et tout à coup sa mère est apparue, totalement absente.

Je me réveille au milieu de la nuit en pensant que tu es là, mais bien sûr tu ne l'es pas, et parfois j'épie l'obscurité en espérant que tu vas me faire un signe de l'au-delà, même si je ne crois en rien. En absolument rien. Il n'y a que le chat qui court dans le couloir à toute allure, se précipitant à la suite des ombres dehors, pourchassant des fantômes qui n'existent pas, des souris imaginaires, des proies fantasmagoriques de toutes sortes.

Tu aimais ce chat. Maman, pourrais-tu le hanter pour parvenir à moi ?

Tu racontais souvent avec ta sœur que Flora avait menacé de revenir sous la forme d'un grand vent et que Charles, ton père, était apparu à ta sœur sous la forme d'un oiseau. Bien sûr tu ne croyais pas à ces balivernes paysannes, trop normandes pour toi, mais tu les répétais sans cesse et voilà que le chat dans la nuit vient me souffler à l'oreille que tu pourrais encore te manifester, je ne sais sous quelle forme. Tu étais tellement coquette, tu n'accepterais pas d'apparaître mal fichue, mal fagotée ou encore infirme. Le chat que tu trouvais très beau serait donc un bon candidat à la possession. Et comme il me réveille pour que j'aille dans la cuisine en plein milieu de la nuit, je me dis que c'est peut-être toi qui me convies à nos festins de lait au chocolat et de tisane nocturne, mais je n'arrive pas à rire. Même le chat ne me fait pas rigoler. Tu n'es pas là, et j'allume la télévision à 3 h du matin. Je regarde à la BBC un documentaire sur la flore ou la faune jusqu'au lever du jour, toujours sans toi.

Je repars dans quelques jours dans la vallée de la Mort. C'est là que je suis allée quand Papa est mort il y a sept ans. Je t'emmène avec moi pour t'enterrer dans le sable blanc qui se crispera sous mes pas. Sois tranquille, ton urne va rester au cimetière Notre-Dame-des-Neiges. L'idée d'aller te déterrer est un rêve macabre. Non, je t'ensevelirai là-bas sans te déranger, sans défaire le confort de ta tombe au cimetière Notre-Dame-des-Neiges. Je pense que tu n'es pas trop mal là où tu n'es pas.

Néanmoins l'autre soir, très tard, en allant à l'université chercher des copies, j'ai longé les grilles du cimetière. Tout à coup, j'ai eu peur que ma mère ait froid. La terre était si gelée et Maman détestait la neige. Pourquoi avoir accepté d'être là ? Par paresse, par angoisse… *Tu ne voulais simplement pas penser à ton propre cadavre.*

J'aurais voulu brûler son corps sur un bûcher à Varanasi. J'aurais voulu que la chaleur intense, le feu s'empare de son cadavre si précieux à mes yeux et le réduise en cendres sacrées que le Gange aurait transportées à son gré. J'aurais voulu faire d'elle une princesse indienne, la couvrir de fleurs et de tissus de toutes les couleurs, de bijoux précieux et me précipiter sur ma mère dans les feux comme une veuve éplorée suit son mari dans la mort.

De cette cérémonie sacrée, de ce rêve fou, disparaître avec toi, je ne t'ai jamais parlé, et je l'aurais évoqué que tu aurais ri, me trouvant trop folle pour me prendre au sérieux. Quelle enfant dingue avais-tu mise au monde !

Et je suis retournée à Paris…

Je crois que depuis sa mort, je n'ai pas connu pire épreuve que de marcher dans les rues où elle déambulait, insouciante, durant l'après-guerre. Je me suis baladée rue du Dragon, le long du boulevard Raspail. Je me suis arrêtée au carrefour de la Croix-Rouge et devant le Théâtre de l'Odéon. J'ai pris le métro à Sèvres-Babylone, me suis replongée avec mon corps dans l'épaisseur des noms de lieux qu'elle prononçait presque tous les jours, avec tant de nostalgie.

Devant la porte de son appartement, celui qu'elle occupait chez ses beaux-parents dans les années 1940, je me suis longtemps attardée. Là, elle entrait, là, elle sortait, ne sachant pas qu'un jour, sa fille des Amériques viendrait renifler les pierres pour y sentir son odeur persistante. Je ne pense pas qu'elle ait su que, dans cette petite rue de 215 mètres du 6e arrondissement appelée rue du Sépulcre jusqu'en 1808, je viendrais un jour. *Qui, moi ? ton futur… maintenant dépassé*. Obsolète. Les habitants de la rue ont exigé un nom moins terrible pour cette jolie petite enclave. *Tu me parlais de la rue du Dragon, à Paris. Et moi, enfant, je croyais que tu habitais dans le quartier chinois, là où se trouvent des dessins de cet animal fantasmagorique. La rue était rouge. Comme l'échoppe de ton cordonnier de père à Bray, en Normandie, qui avait pour nom Le Sabot rouge.*

Rouge, j'imaginais sa vie avant moi, rouge, d'un rouge chinois, laqué, d'un rouge passion. J'étais si triste que son existence à Montréal soit grise, terne.

Je ne sais même pas quel parfum Maman portait à cette époque. Avait-elle assez d'argent pour se payer de beaux flacons alors qu'elle travaillait au bureau de poste ?

Maman logeait chez ses beaux-parents, les Risi, dans une petite chambre. Ils tenaient un magasin de fleurs. *Tu connaissais bien le commerce. Tes parents, dès 1930, s'occupaient d'un bureau de tabac, à Villers. Quand vous êtes revenus d'exode, il n'y avait plus rien du bureau de tabac et de votre maison bombardés. Tu étais bien sûr très triste d'avoir tout perdu, mais aussi soulagée de ne plus retourner dans ce lieu qui sentait encore la guerre et la campagne. L'avenir t'attendait et tu espérais quitter le patelin au plus vite. Pierre, ton mari, est arrivé, il t'offrait un morceau d'un fabuleux Saint-Germain-des-Prés, où j'erre à la recherche de celle que je n'ai pas connue. Tu m'as tant raconté la guerre, mais tu m'as si peu dit sur tes années parisiennes. Tu sortais souvent, au théâtre, au cinéma, au restaurant. Tu t'amusais, tu étais jeune.*

21, 22, 23, 24, 25, 26, 27, 28, 29, 30 ans. Ta vingtaine passe et tu restes insouciante. Tu tentes d'oublier ce que tu as vu ou vécu durant la guerre et que tu as su déposer en moi dès ma naissance. Montréal a été pour toi le retour à 1939-45. Tout à coup, quand je vois le jour, tu te replonges dans le passé et tu n'en sortiras pas. Jusqu'à ta mort en 2019.

J'aurais aimé que Maman revoie les années 1920, les années folles. Mais elle s'est absentée avant. En 1918, son père passe des semaines à l'hôpital pour soigner sa grippe espagnole. En 1918, Charles a vingt-sept ans, une jambe en moins. Au compteur : la Première Guerre et une grippe mortelle. Mais il est jeune. Il s'en remet. La légende familiale veut que l'on doive cette guérison au champagne et aux fleurs que sa sœur, Tante Suzanne, lui apporta sur son lit d'hôpital, alors qu'elle n'avait pas le droit de l'approcher. Elle travailla fort auprès d'un administrateur de la ville pour rendre visite à son frère et elle réussit à embrasser son frérot, faisant fi de toutes les consignes.

En 2018 tu entres en résidence, tu es vieille. Tu as vécu la Seconde Guerre mondiale. Tu ne sortiras pas de la Maison Graham. Sauf pour une dernière nuit à l'hôpi-

tal, où tu es morte avant le petit matin, qui s'annonce très tôt en cette période de la fin mai, début juin.

Dans l'avion pour ta France, j'étais calme même si je savais qu'en descendant je trouverais cet accent, le mien, que je ne supporte plus et avec lequel je te parlais. Comme faut-il imaginer dire ici ces phrases que j'écris ici ? Avec un accent français oui, je le crois. *Je ne t'aurais jamais parlé avec ma voix québécoise, alors voilà que je t'écris avec ma voix de Parisienne et que tu me reprends quand je dis un t ou un d en faisant une consonne affriquée qui t'horripilait tant.*

Ce matin, j'ai appelé Nicolas, qui a du mal durant cette période des fêtes à savoir Maman si absente. *Mais je n'ai pas envie de pleurer aujourd'hui. Je ne me sens pas si loin de toi.*

J'ai noté un paragraphe dans le journal de Derek Jarman, *Smiling in Slow Motion,* paragraphe qui parle du temps des morts et du temps des vivants :

> I have an idea that once you are dead time speeds up, about a minute after you have died all your friends join you, five minutes later, it is the final trump. (SISM, 65)

J'espère que le temps dans lequel tu te trouves passe rapidement. Je me rappelle que tu me disais qu'avec l'âge les heures vont très vite et tu ne t'en plaignais pas.

Je suis dans le temps des vivants. Les minutes, les secondes vont à leur propre rythme et je ne saurais dire à quelle vitesse se déroule ma vie. Mais une chose est sûre, c'est que je suis là. *Et tu n'y es pas. Dois-je profiter de cet ici ? J'essaie ne pas trop demeurer accablée par ta disparition, même si je le suis, bien sûr, par intermittence, malgré moi. Disons simplement que ta mort a laissé toute la place à la mienne qui viendra. Je n'ai plus peur que tu meures.*

Il faut redire que tu es morte très vieille, et moi je te perds alors que je me retrouve déjà fort âgée. Je n'ai plus l'impression d'être une gamine impuissante, terrorisée, que tu laisserais là. Je suis ta sœur, ta semblable, une mortelle qui trouvera elle aussi un jour sa propre absence au monde.

La trouve-t-on, cette absence, en fait? Je n'ai fait que penser à cela toute ma vie.

Tu me disais toujours que j'étais une spécialiste de la mort. J'aurais été thanatologue que je t'aurais fait moins horreur.

Un jour au Salon du Livre, une jeune fille est venue me voir avec sa maman. Aude… elle aimait les films d'horreur et mes livres: « J'étudie en thanatologie, je n'ai pas peur de ces choses-là. » Immédiatement je me suis retournée vers sa mère, une femme exquise à qui j'ai demandé en riant: « Est-ce facile d'avoir une fille qui travaille dans ce domaine? » La maman a hésité un instant et puis elle m'a avoué qu'au début ce désir l'avait troublée, mais qu'elle s'y était faite.

Je ne pense pas que Maman se soit habituée à mon attachement aux défunts. Pourtant il m'a semblé qu'elle ne parlait jamais que de la mort. Ma mère construisait des narrations fabuleuses et drôles à partir de la mort, peut-être pour mieux la tenir à distance, pour ne pas y penser. Elle avait une manière de parler des choses pour précisément les oublier, ne pas y faire attention.

Tu déposais en moi les graines d'angoisse. Terreau fertile, je me faisais hospitalière pour faire surgir les fleurs de l'anxiété. Et toi, après tes récits, tu te sentais toujours beaucoup mieux.

Légère et aérienne.

J'ai rêvé que Tante Suzanne t'accompagnait en voyage. Vous partiez. Elle qui était toute petite, courbée, se tenait à tes côtés et te protégeait. À côté d'elle, tu étais minuscule.

Elle est peut-être enfin venue l'aider à avancer dans la mort, sa tante préférée. Celle qui lui avait tout appris.

Quand tu étais enfant, vous étiez allée à La Baule avec elle. Vous vous baladiez sur une plage de Vendée et puis aussi à Deauville. Ta sœur Clorinthe et toi, vous aviez trois et cinq ans.

C'était l'été 1929, avant le krach boursier. Suzanne avait épousé un vieil homme riche en 1924. Elle en faisait profiter ses frères et sœurs, et surtout ses adorables nièces.

Sur la plage, Suzanne a trouvé que vous aviez de gros ventres, toi et Clorinthe. Elle vous a amenées tout de go chez le médecin, persuadée que vous aviez attrapé une maladie de pauvre. Le médecin a ri. Suzanne n'avait jamais vu d'enfants et toi, tu te gavais de chaussons aux pommes et de glaces achetées sur les planches près de la plage. Ton gros ventre, tu le frottais de contentement.

Maman, petite, n'a pu croiser Proust. Il était déjà mort, mais dans les années 1910, il allait souvent à Deauville. Elle n'a pas pu saluer Duras qui, elle aussi, se baladait sur les plages normandes, mais beaucoup plus tard dans le siècle.

Tu ne rencontras personne si ce n'est le spectre de la vie qui t'attendait et, à cinq ans, tu n'y fis pas attention. Tu te rendis malade avec les glaces à la pistache et inquiétas ta tante, que le docteur envoya paître une seconde fois. Elle vous avait aussi acheté des maillots de bain, à toi et à ta sœur. Tu m'as souvent dit qu'ils étaient très beaux.

J'avoue ne pas savoir ce qu'était la mode de 1929 pour les gamines gourmandes de crème glacée.

De cette escapade avec sa tante et sa sœur, à ce jeune âge, Maman avait gardé des souvenirs précis. Les parents de ma mère vivaient près de la mer, mais ils y allaient peu. Les stations balnéaires n'existaient pas pour ceux qui travaillaient fort. Avec Suzanne, c'était le luxe. Deauville et La Baule. Cela sentait quelque chose comme Paris. *Ta ville préférée. Pour toi, il n'y avait que Paris, rien que Paris.*

Comme Maman avait dû trouver dur de se retrouver à Ville d'Anjou dans les années 1960 avec ses deux marmots et son mari infect qui la gardait prisonnière.

J'ai reçu pour mon anniversaire une magnifique orchidée qui trône en ce moment sur ma table verte. J'ai peur de ne pas savoir en prendre soin, de la couvrir d'amour au point de la noyer, de la laisser se dessécher devant le radiateur ou encore de la faire mourir sous un soleil trop vif.

Je mesure mal ce qu'il faut offrir aux êtres. Je ne sais comment m'occuper des plantes et encore moins des gens. J'ai beau vouloir cultiver mon jardin, mes fleurs ne sont que des livres, matière inerte, et mes feuilles sont faites de papier traité, peu vivantes. À tous les végétaux ou animaux carnivores qui m'entourent, je ne sais jamais qui en moi donner à dévorer… Même le chat, j'ai peur d'en faire un petit bouddha ou de le transformer en carcasse famélique. Et quand je pense à moi, je n'ai aucune idée de ce qu'il me faut pour m'alimenter. Comment avoir confiance en mon appétit ?

Je ne veux pas tout mettre sur ton dos, Maman. Les mères en prennent trop souvent pour leur rhume. Elles deviennent responsables de tous les maux de la terre, mais je me permets de penser que tu n'as pas été une bonne mère nourricière, même envers toi. Tu as été dans la privation et pendant plus de cinquante ans, je ne t'ai pas vue manger grand-chose. À la fin tu ne t'empiffrais que de gâteaux. Tu avais perdu la tête. Tu devais bien peser 115 livres à ta mort! Cela t'aurait profondément chagrinée si seulement tu l'avais su!

En 2005, je lisais *Le Jardin du commandant* d'Yves Gosselin. Une femme, l'épouse d'un commandant de camp de concentration, cultivait des légumes et des fleurs dans un terrain adjacent à l'horreur sans se soucier de ce qui se passait près d'elle, juste à côté de sa maison.

Je me suis souvent demandé si la littérature que je chéris ne m'avait pas trop souvent fait prendre la posture de cette femme-là, oublieuse des violences de l'Histoire auxquelles elle collabore. Comment cultiver son jardin sans se moquer un peu de la contemporanéité? Comment faire pousser des fleurs dans un petit coin privé de paradis, alors que le siècle se donne comme une terre stérile, nauséabonde, voire putride?

Maman a vécu loin de la rumeur du présent. Elle refusait de se laisser porter par les malheurs de son temps. Elle n'acceptait pas que je lui parle de mon souci du monde. *Il faut vivre sans penser à tout cela, autrement, tu me le disais, « on n'en finirait pas ».*

C'est vrai qu'on n'en finit pas de veiller sur la douleur des autres, on peut passer sa vie dans cet état d'attention là.

La littérature est anachronique. Elle n'a rien du journal, du quotidien livré en pâture à ceux qui s'en repaissent. Je ne sais pas si je dois aux conseils de Maman mon écart face au monde, qui m'a permis de me noyer dans la lecture. Enfants, nous ne fréquentions personne et nous vivions dans leurs passés, à elle et à Papa. *Néanmoins, dans ce retrait où ton existence s'était installée, toi qui t'étais pris l'Histoire et la Grande Guerre en pleine gueule de seize à vingt ans, tu m'as donné de quoi cultiver ma solitude. Je t'en sais infiniment gré.*

Le week-end dernier, je suis allée voir Neil à Kingston. Il vit maintenant dans l'aile pour les personnes atteintes d'Alzheimer, au centre même du pavillon où il faisait, il n'y a pas si longtemps, ses tournées de psychiatre. Je l'ai trouvé au bout du corridor, semblant chercher quelque chose. Peut-être arpentait-il les couloirs comme il en avait l'habitude quand il était celui qui soignait les autres. De loin, il a à peine reconnu Agnès, sa femme. Quand elle s'est approchée, très, très près de lui, il a enfin esquissé un petit sourire.

Lorsque j'allais lui rendre visite, il fallait que Maman entende ma voix pour comprendre que c'était bien moi, sa fille, et pas l'infirmière ou une autre employée de la résidence à laquelle elle montrait déjà les crocs.

À Providence Manor où vit Neil, j'ai pensé à toi, à ta dernière année au foyer Graham, là où tu n'aurais jamais voulu aller. Tu préférais, répétais-tu depuis plus de vingt-cinq ans, te suicider que de te retrouver dans une «maison de vieux» où tout le monde bave et est gaga… Néanmoins, tu as dû passer tes derniers mois dans un horrible «hospice de vieillards déjà à moitié crevés». Tu arrivais à t'y faire en nous répétant que dès que tu irais mieux tu retournerais chez toi. Pendant ce temps-là, nous défaisions ton appartement et disions adieu pour toi à ton passé.

Nous étions des monstres.

Le surlendemain de sa mort, j'ai rêvé que j'allais voir Maman dans sa chambre à la résidence. Elle s'était apparemment absentée. Une dame, Mrs Mccahabbee me disait qu'un arrêt cardiaque avait emporté ma mère. Je devais être contente. *Tu n'étais plus toi-même, tu avais atteint un degré d'absence et d'abandon qui t'aurait été intolérable. Mrs Mccahabbee me montrait ton lit plein d'excréments. Elle te faisait apparaître pour me faire comprendre que depuis longtemps tu n'étais plus de ce monde. Il est vrai que tes cheveux ébouriffés, tes ongles sales, ton incapacité à te tenir debout sans tomber, ta démarche arquée et ton corps arc-bouté auraient éveillé tes commentaires les plus acerbes. Tu détestais les vieillards. Et une vieillarde, c'est cela que tu étais devenue. Tes yeux n'avaient plus aucune expression, ils s'étaient tournés vers l'intérieur d'un corps qui n'existait plus.*

Moi, durant les mois que j'ai passés à venir te voir au Graham, j'ai appris la beauté de ces êtres très, très âgés, par moments informes, peu soutenus par l'intelligence d'eux-mêmes.

J'aurais eu envie de te dire que la vieillesse peut être belle. Je ne l'ai pas fait. Tu m'aurais traitée d'idiote.

Quand Maman est entrée dans mon nouvel appartement en 2017, elle a immédiatement poussé les hauts cris à la vue de mes deux photos de Louise Bourgeois sur le mur. « Qu'est-ce que tu fous avec cette vieille décatie sur le mur ? » J'ai eu beau lui dire que Bourgeois était une grande artiste, une Française, qui sur la photo avait déjà quatre-vingt-dix-sept ans, elle ne pouvait en démordre : elle était trop moche pour être là. Elle aurait sûrement préféré que je mette une photo d'elle, mais hélas, les images de ma mère m'ont toujours semblé trop fausses, trop composées, incapables de faire signe à celle que j'ai pu aimer.

Tu aurais sûrement aussi préféré que je ne te rappelle pas que vieillir c'était toujours ainsi, on ne devient pas une pin-up. La beauté doit être pensée autrement.

Cela te fâchait profondément. Donc, je te le répétais.

Je lis le récit que Mathieu Leroux m'a confié. Il raconte à travers l'histoire d'un séjour à Las Vegas, sa quête presque incestueuse de l'amour du père. Cela m'a bouleversée.

Entre nous, il y avait quelque chose de très intime, même si je ne t'avais jamais vue nue avant tes quatre-vingt-douze ans. Nous n'avions pas ce genre de proximité. Tu couvrais toujours ta poitrine devant moi et je crois avoir aperçu ton sexe de très loin, une seule fois quand j'étais petite. Près de la mort, dans la démence qui fut la tienne, tu ne te cachais plus. Tu m'imposais, je ne trouve pas d'autres mots, ce que tu avais toujours dérobé à mes regards. Entre nous, le lien incestueux s'était dissous. Tu n'étais plus qu'une humaine qui avait besoin de soins.

Cette nuit, j'ai rêvé que dans un petit appartement d'autrefois, ton annexe à la Anne Frank, tu peignais des fleurs sur de grandes toiles blanches. Les fleurs semblaient émaner de la neige et pousser dans la tempête. Elles étaient couvertes de flocons. C'était magnifique. Je me voyais heureuse que tu aies enfin trouvé quelque chose à toi, quelque chose qui te permettrait peut-être d'aimer l'hiver.

C'est moi qui peins dans ce petit livre des fleurs d'hiver, des fleurs qui arrivent à pousser malgré la tempête et le froid du deuil qui m'habite.

Tu aimeras mon hiver. Je t'y forcerai.

De la bibliothèque de l'Université de Montréal où je me cache très souvent, j'observe l'étendue de la vue que tu pouvais avoir de ton appartement ; celle de l'oratoire Saint-Joseph. Ce grand bout de ciel au-dessus de la croix, tu l'as vu, peut-être pas contemplé, mais vu durant les vingt-six ans où tu as habité le chemin de la Reine-Marie, « Queen Mary Road » comme tu disais, peut-être en écho au nom du paquebot sur lequel tu étais venue pour la première fois en Amérique. Tu portais en toi une espèce d'anglomanie et de snobisme qui te faisaient dire « le Queen's » pour parler de l'hôtel Reine Elizabeth, et « c'est bath », comme dans une chanson de Boris Vian.

Tiens, je me rappelle que souvent tu disais que j'avais l'air d'une zazou ou d'une bécassine. Je ne m'en choquais pas, heureuse de voir surgir dans ta voix des morceaux venant des diverses époques de ta vie passée, celle plus campagnarde où les bécasses et les grues étaient tes références pour parler des femmes, et celle plus citadine où la mode de l'après-guerre avait imprégné ta conception de la marginalité.

Tu n'étais ni zazou, ni bécasse, ni gourgandine, ni gigolette, ni goton. Mais pour toi, moi, j'incarnais toutes ces greluches avec joie. Je me repaissais, de tes mots, de tes expressions. Selon toi, je bambochais avec des arsouilles, je baragouinais le français, je déblatérais en permanence, j'émoustillais les vieux schnocks, j'estourbissais les gnasses, je farfouillais dans ma propre merde, je me trifouillais les mains, et quoi que je fasse, quand tu me parlais, je l'avais toujours dans le baba. J'adorais tes insultes, je partageais ton plaisir de la langue, celle que tu avais en partie peur de perdre en arrivant dans cette cambrousse du Canada.

Que pensais-tu de l'oratoire Saint-Joseph? Je ne me souviens plus de tes mots exacts, mais devant la fenêtre de la bibliothèque de l'Université de Montréal, il me semble t'entendre dire que tu n'aimais pas les bondieuseries, tous ces pauvres gens à la gueule enfarinée qui ont les yeux pleins de merde et qui bouffent du Bon Dieu le matin pour dégueuler le diable le soir. Tu en aurais profité pour critiquer mon père, et la conversation serait repartie sur les putes et les maquerelles avec lesquelles il s'était vautré toute sa vie… L'Oratoire aurait vite disparu pour laisser la place à ta colère. Tu n'aurais donc pas vu de son dôme s'échapper des arbres gigantesques parvenant à toucher le ciel.

Il n'y a que moi pour regarder maintenant l'Oratoire et pour penser à toi.

Dans *Le fantôme de la liberté* de Luis Buñuel, j'ai entendu au tout début un air que Maman me faisait chanter lorsque j'étais enfant : « Ah ! ça ira, ça ira, ça ira ! Les aristocrates à la lanterne, Ah ! ça ira, ça ira, ça ira ! Les aristocrates on les pendra ! Dansons la Carmagnole, Vive le son (bis), Dansons la Carmagnole, Vive le son du canon ! »

En l'évoquant ici, j'ai envie de chanter avec toi.

Je me doutais bien que cette chanson n'appartenait pas à ma mère. Mais où l'avait-elle apprise ? La Carmagnole, apparemment, on la dansait autour de la guillotine et dans les rues. On avait l'habitude de s'y démener dès que survenait un mouvement populaire.

As-tu parfois dansé la Carmagnole, toi que j'ai entendue pourfendre les émeutes de mai 1968 ?

Dans le *Supplément au Dictionnaire de l'Académie*, on apprend : « Faire danser la carmagnole à quelqu'un signifiait le guillotiner, le mettre à mort par tous les supplices. » « Ah ! ça ira, ça ira, ça ira ! Les aristocrates à la lanterne, Ah ! ça ira, ça ira, ça ira ! Les aristocrates on les pendra ! »

Quel plaisir révolutionnaire et populaire vivait en toi ? De qui parlais-tu en chantant avec autant de conviction ?

Pour que je ne m'enfuie pas, petite, Maman m'avait appris une chanson triste sur les enfants désobéissants : « Sur le pont du Nord ». Là, ses intentions étaient évidentes. Je me devais d'apprendre par un air populaire qu'en mentant à leurs parents, les enfants risquent la mort. Cela avait l'avantage d'être clair.

Sur la photo d'une petite fille du début du siècle qui apparaît dans la présentation d'une collègue à un colloque, je pense à ton corps d'enfant, de petite fille qui, en 1929, a été immortalisé (comme on dit à tort) dans une photo.

Je songe à toi chantant aussi bien « Sur le pont du Nord » que « Dansons la Carmagnole ». Que tu devais être espiègle !

Krzysztof Eugeniusz Penderecki est mort sans que je le sache.

Si tu étais encore vivante, tu me l'aurais annoncé en fin de soirée le 29 mars, le jour même de l'annonce de sa disparition. Aux nouvelles du 20 heures, *sur France 3, tu l'aurais appris et, même si tu ne connaissais rien à la musique ni à cet homme, tu m'aurais dit au téléphone vers minuit : « Tu as vu le vieux musicien polonais, il a été fauché, pas bien vieux, quatre-vingt-six ans ! Tu devais le connaître, non ? Tout le monde y passe ces jours-ci ! »*

Je n'ai pas su que Penderecki n'était plus, tout occupée à regarder en ce mois de mars 2020 l'histoire avancer à petits pas, tout attelée à contempler la démarche mauvaise du temps trop narquois pour être honnête.

La mort de celui que j'aime écouter ne m'a pas rejointe. J'en éprouve une tristesse moins vive pourtant que celle que je ressens à l'idée de ne pas avoir entendu cette nouvelle tomber de la bouche de Maman. Comme je suis faible de ne pas lui en vouloir d'incarner ainsi dans ma vie l'oiseau de mauvais augure.

Tu m'appelais pour me transformer en pleureuse. Tu ne savais que faire de ta peine et de ton désarroi devant la mort des autres, alors tu me jetais tes deuils à dévorer comme pitance quotidienne.

Maman, ma mère, ma chérie, tu étais terrifiée par la mort, la tienne, celle du monde entier, et il n'y avait que tes enfants pour te calmer. Étrangement, il te suffisait de les appeler et de déverser la longue liste des décédés dans leurs oreilles jeunes ou plus vieilles, et déjà tu te sentais mieux. J'étais pour toi une Stabat Mater Dolorosa, *je pleurais tous les fils et les filles de par le monde et toi, ainsi, tu souffrais moins ou encore pas du tout.*

C'est à cet horrible pacte que nous étions arrivées, alors que j'étais encore tout enfant. Je devais porter ses morts, et me tenir à flot dans ces mers de noyés de la vie qui gesticulaient entre elle et moi. Ainsi, du moins je l'espère, Maman pouvait en comptant les morts pour me les faire enterrer, oublier quelque chose de sa douleur, de sa terrible douleur sur laquelle bien sûr elle ne soufflait mot.

Oui, il m'a toujours semblé que tu observais ma souffrance de loin pour voir combien tu aurais pu avoir du chagrin, si et seulement si tu t'étais laissée aller à ta peine, à ton effroi. En toi surgissait une jouissance terrible à voir tes enfants incarner dans leur théâtre spirituel ce que tu te refusais à vivre.

J'ai souvent rêvé que je mourais dans tes bras, que tu me serrais très fort contre toi, que tu pleurais sur ma disparition. Je te construisais toi en Stabat Mater *chancelante. Je savais pourtant que même la mort ne nous délivrerait pas de ton retrait.*

Après la disparition de Patrick, j'ai senti l'urgence d'aller chez elle un jour et de prendre les lettres de son enfant. Patrick était son fils aîné, son fils secret, celui qu'elle avait donné à sa mère à élever à la campagne, loin de Paris.

Ton fils sacrifié parfois se prenait pour le Christ. Parfois, il se prenait simplement pour ton enfant, et il avait bien tort. De lui, tu n'avais pas vraiment voulu, et c'est ta mère qui l'avait élevé avec des martinets et son amour paysan, auquel il tenait plus qu'à tout.

Au cours de sa courte vie, il fit des séjours en hôpital psychiatrique et puis je ne sais où en Allemagne, qui était devenue sa patrie.

Ce jour-là, quelques années après sa mort, au début des années 2000, je t'ai demandé de me confier ses lettres, les lettres qu'il t'écrivait. « J'en ferai bon usage », t'ai-je dit, ne comprenant pas ce que je te promettais. Et finalement je ne le sais toujours pas. Ai-je fait quelque chose de bien de ces missives qui t'étaient adressées ? Je ne voulais pas que tu les aies en ta possession, sachant que de la peine de ton fils, comme de celle de tous tes enfants, tu ne voulais rien connaître. J'étais celle qui prend soin des autres. Cela me donnait une place dans ce monde dont, toi, tu ne voulais pas.

Ce jour-là, Maman a hésité. Elle était méfiante : qu'allais-je fabriquer avec cela ? Elle n'avait guère confiance en moi. J'étais capable de tout, puisque malgré sa rudesse, j'avais continué à l'aimer. J'étais une enfant redoutable, au masochisme infini. Et puis je ne sais pourquoi, elle s'est décidée à me les donner, ces lettres.

Ce n'est pas que tu n'aimais pas ton fils, mais que faire de sa folie ? Il n'y en avait que pour la tienne. Comme tu refusais de t'y perdre, tu avais décidé que ce serait lui ou les autres qui morfleraient. Et Patrick a morflé, beaucoup plus que moi.

Penderecki a composé un sublime *Stabat Mater* en 1962.

Je pense aussi à Pergolèse, disparu à vingt-sept ans, qui a quand même avant de mourir réussi à finir son *Stabat Mater.*

La *mater dolorosa*, c'est celle que Maman n'a pas été, même quand son fils est mort une nuit de décembre, d'une overdose ou d'un cocktail étrange de médicaments et d'alcool. Patrick était devenu suicidaire. Sans le sou, il n'arrivait pas à vivre.

Je ne t'en veux pas et peut-être que lui non plus ne t'en a pas voulu. Nous avons porté pour toi tant de choses, et je crois que nous le ferions encore, si nous le pouvions.

Nous étions tes enfants après tout.

En cette période de crise dans laquelle nous vivons, durant ce mois d'avril méchant, les fleuristes ont été retirés de nos services essentiels. J'ai du mal à comprendre pourquoi : il me semble que les fleurs en ce début de printemps nous feraient tant de bien. Des crocus violets m'ont rappelée à la vie. Ils poussaient obstinément leurs têtes parsemées de jaune à travers la terre encore un peu gelée sur la rue Claremont. J'ai pleuré comme une madeleine en les regardant narguer les confinements de tous genres.

Jarman pense que les fleurs et surtout le jardin ont quelque chose de profondément thérapeutique :

> You see it is rather a wild garden ; I really recommend this – out with those lawns and in with the stinging nettles and kerbside flowers : bluebells, pinks, purple orchids, drifts of buttercups – subtlety to the eye. (I don't see anything like this as I go about, just a desert of fuchsias, awful in July.) I would like anyone who reads my book to try this wildness in a corner. It will bring you much happiness. (DJG, 105)

L'hiver est fini, la sève monte dans les arbres, les crocus poussent et j'ai passionnément envie de fleurs, de jardinières suspendues, de plates-bandes folles, d'ikebana clandestin, de fantaisies hermaphrodites, de symphonies de capucines, et d'impromptus d'iris. J'ai très envie d'offrir au premier venu un bouquet de crocus entêtés en guise de baiser interdit ce printemps.

Aujourd'hui la nuit est venue tard et l'étang dans le grand séminaire s'est dissous très lentement sous mon regard. J'ai regardé une petite fleur s'acharner à pousser là, parmi les arbres qui semblent se tordre de plaisir, quand la chaleur arrive et qu'ils sentent en eux la vie les parcourir violemment. J'ai contemplé la petite fleur rouge longtemps, ne tenant pas à lui donner un nom ou à savoir son espèce. Elle poussait dans la lumière d'avril, de cet avril toxique pour les humains. De la maladie, elle n'avait cure. La terre n'a pas besoin de nous. En quelques années, les traces de notre présence pourraient être effacées. Je ne sais si toutes les fleurs persisteraient. Elles me semblent peut-être à tort bien fragiles.

À l'école, on m'a appris que les arbres à fruits étaient apparus très tard dans l'évolution de la Terre : 130 millions d'années… Récemment la découverte d'une nouvelle espèce fossilisée, baptisée *Nanjinganthus dendrostyla*, a fait remonter à 50 millions d'années plus tôt l'origine des arbres à fruits. On imagine qu'ils ont pu fleurir au Jurassique. D'après des grains de pollen mis au jour en Suisse, un ancêtre des angiospermes actuelles aurait même vécu voilà 245 à 247 millions d'années.

Moi qui ai longtemps cru que toutes nos espèces de fleurs étaient le fruit de la copulation des humains avec la nature, j'étais dans le champ.

Les fleurs se passent aisément de nous.

Cela fera un an bientôt que je ne t'aurai pas vue, que je n'aurai pas entendu ta voix, que je n'aurai pas coiffé tes cheveux, pris ta main, effleuré ton front de mes lèvres fébriles. Ce livre bien sûr me permet de le faire un peu. Je te parle tous les jours, je te fais vivre ici. Chichement.

Bientôt il prendra fin.

Ceci est un journal de deuil ou encore mon Kaddish Yatom, le Kaddish des endeuillés. Je ne sais si je sanctifie ici le nom de Dieu, parce que comme toi je ne suis pas croyante, mais je voudrais tant être consolée. Alors je pourrais prier Dieu. Pourquoi pas ? Si seulement tu m'avais élevée dans la foi… Mais nous étions trop français pour cela.

Le temps est un magma informe. En ce moment, les jours se suivent et se ressemblent. Mais il y a l'échéance de ce livre. Je célébrerai bientôt son anniversaire de naissance et puis, le même jour, sa mort. Il y aura de quoi faire. Je serai bien occupée. Et après ?

« Non, le deuil (la dépression) est bien autre chose qu'une maladie. De quoi voudrait-on que je guérisse ? Pour trouver quel état, quelle vie ? »

Et puis :

« Je supporte mal les autres, le vouloir-vivre des autres, l'univers des autres. Attiré par une décision de retraite loin des autres ».

Ce sont les mots de Roland Barthes.

Je m'en gargarise…

Je pensais aller sur ta tombe aujourd'hui, y déposer une poignée de confettis et quelques pierres de couleur. Mais figure-toi que même les cimetières sont fermés en ce moment, ce qui, comme tant d'autres petites vexations qu'on nous impose, me semble ridicule. Soit ! Je serai obéissante. Nous voilà davantage, si cela est possible, séparées.

Je rigole en écrivant ces phrases niaises et pourtant empreintes d'une tendresse qui sait se moquer affectueusement de la mort.

Tu rirais avec moi. Tu aimais rigoler.

Adolescente, je te rencontrais la nuit dans la cuisine. Je me faisais un chocolat chaud et tu te chauffais une tisane. Nous rigolions des heures en nous racontant des histoires saugrenues. Tu évoquais alors tes indigestions au pensionnat après avoir mangé trop de rochers fourrés au caramel. Tu riais de ta gourmandise, de ta goinfrerie qui te faisait te lever la nuit pour te faire une camomille, une verveine ou un tilleul. Tu devais digérer… Dans la cuisine aux rideaux synthétiques orange et aux électroménagers vert olive, nous avons très certainement été proches. La nuit, tu baissais la garde. Tu me racontais tes rêves. J'en faisais une collection. Ils me permettaient d'avoir accès à celle que je connaissais peu. À toi, la petite Denise Marchand, l'enfant éternelle née en 1925. À toi la gamine frondeuse qui n'avait eu de cesse qu'en quittant sa famille paysanne qui l'avait reniée quand elle était tombée enceinte. Quelle honte as-tu connue alors !

Je ne le sais que trop, parce que cette honte, tu as voulu que je la vive lorsque j'ai commencé à échapper à notre famille, à nos confinements incestueux. Tu as voulu que je me sente sale et traître : tu pensais à ta propre horreur de toi-même. Je ne pouvais que te pardonner de te détester. Moi j'avais lu Madame Bovary *et tout Maupassant. Ce que j'appelle la littérature normande du XIXe siècle m'a toujours semblé celle qui aurait pu te sauver. Tu y aurais appris qu'il est normal que les femmes rêvent d'autre chose que leur mari, que Boule de suif, la prostituée, est bien plus digne que tous les notables qui la méprisaient et que le désir n'est pas quelque chose auquel on renonce facilement. Oui, Maman, la littérature aurait pu être salvatrice, tu aurais pu mépriser ton milieu et leur cracher à tous à la figure. Mais tu n'as pas voulu apprendre à lire, à penser par toi-même. Tu as gardé en toi ce regard petit-bourgeois sur le monde où la convention était de mise et où il fallait faire bonne figure et contre mauvaise fortune bon cœur.*

Maman serait étonnée que j'aie rêvé de disperser ses cendres à Eunate au mois d'août, dans les champs entiers de tournesols qui poussent autour de la jolie petite église Santa Maria sur le chemin de Santiago de Compostela. L'Espagne ne la faisait pas rêver et les églises encore moins, mais j'ai envie de l'imaginer parmi les fleurs.

Il est vrai que nous avons ri ! Oui, nous avons si souvent ri ensemble. Avec mon petit frère, à table, nous l'écoutions raconter des histoires cocasses. Elle parlait de son père :

« Papa trottait comme un lapin », malgré sa prothèse de bois. Elle faisait le récit du coup de patte à un pompiste, des tours pendables qu'elle réservait à ses camarades de classe, des marshmallows qu'elle mangeait en cachette dans son magasin à Paris et dont les stocks qui diminuaient faisaient dire au mari bourru que les marshmallows se vendaient comme des petits pains chauds. Elle évoquait son arrivée en Amérique chez son cousin qui avait eu sept femmes, toutes bêtes, sa sœur qui s'était étouffée dans sa voiture en mangeant un bonbon et qui s'était retrouvée sens dessus dessous dans la circulation à montrer son postérieur à tous les autres conducteurs. *Tu parlais, tu parlais. Au milieu de la cuisine, tu devenais une autre personne, tu t'ouvrais le soir comme une belle-de-nuit, la fleur bien nommée qui embaume les balcons et les terrasses à la tombée du jour.*

Je ne pense pas que nous trouvions très drôles ses récits, mais nous riions follement… de la voir rire… Oui, nous adorions la découvrir tout à coup insouciante, légère et pleine de souvenirs qui ne la terrassaient plus. Nous riions… Papa n'était pas là. Il ne mangeait pas avec nous. Il ne la voyait jamais en train de s'amuser. Qu'a-t-il connu d'elle ? À table ainsi, elle riait même de la guerre, des jeunes soldats qu'elle avait aimés ou fréquentés, des Canadiens et des Polonais auxquels elle s'était accrochée pour passer à travers l'Occupation. Elle me parlait de ce jeune homme de Cracovie qui avait à peine dix-huit ans. Il lui avait offert des fleurs et il pleurait d'être là comme un idiot de soldat, loin de chez lui. Il songeait à la mort. Comme ils s'étaient pourtant amusés ensemble !

Tu étais restée cette jeune fille de seize ou dix-sept ans. Tu étais devenue une vieille jeune fille et c'est cette Denise chahuteuse que tu nous donnais à voir au repas, de temps à autre.

Parfois tu revenais à toi à travers tes rires. Tu me disais de ne pas salir mon napperon avec la salade. « Les taches, c'est long à faire partir », nous rappelais-tu en affirmant que tu en avais marre, ultra-marre de faire la lessive pour toute la famille. Je ne te répondais pas que tu m'interdisais de nettoyer le linge parce que je n'étais pas, selon toi, parvenue à savoir effacer les taches que je laissais derrière moi. Non, je ne te disais rien de cela. Je te démarrais sur un autre souvenir. « Raconte-moi quand tu es tombée de bicyclette ou quand tu te cachais entre le matelas et le sommier durant les orages ». Et tu recommençais à rire. Nous évoquions même les moments où tu mettais une perruque noire pour suivre ton mari de loin dans une voiture empruntée à une amie. Tu voulais avoir l'adresse de sa maîtresse pour aller lui crever les pneus ou les yeux. Oui, même de cela nous riions, parce que tu étais quand même une drôle d'énergumène, une femme un peu excentrique qui se permettait des folies de façon très inattendue. En évoquant toutes les bonnes femmes de Papa, tu te mettais en colère. Nous, les enfants, devions t'aider à te distraire, à retrouver ton rire de jeune fille pas encore mariée avec ce Mavrikakis infect, cette pourriture de bonhomme qui t'en avait fait voir de toutes les couleurs…

De ses carnets d'adresses que j'ouvre à la recherche d'une de ses amies, je reçois cette odeur âcre que Maman dégageait dans les dernières années de sa vie, une odeur de muguet et de lilas, quelque chose de Diorissimo, un de ses parfums qui avait du mal à s'intégrer à sa peau si fragile. À la fin, il me semble que son épiderme ne savait plus réagir aux essences, artificielles ou naturelles.

Je dis souvent que les vieilles dames ont une odeur. Cela n'a rien à voir avec sentir bon ou mauvais. Les bébés sentent le neuf et les vieux exhalent le suranné. Avec le temps, quelque chose de nos peaux macère avec le parfum.

Bientôt, si ce n'est déjà fait, je sentirai comme une vieille dame.

Tu me disais souvent que tu détestais mes parfums. Je puais la cocotte. Je riais, je me disais que cette réplique était digne de la Nana de Zola. J'avais beau m'asperger des parfums les plus chics, tu trouvais en moi quelque chose de bon marché. Je disais cheap et cela t'agaçait.

Avec le temps, je ne sentirai plus la cocotte. De moi s'échappera une odeur de femme âgée. Cela me rappellera les moments passés avec toi.

Souvent, tu me demandais de te rappeler ton âge. Tu voulais, semble-t-il, te situer dans le temps et quand je te répondais que tu avais quatre-vingt-treize ans, tu écarquillais les yeux tout en murmurant, incrédule : « Mais ce n'est pas possible, je ne me croyais pas aussi vieille. C'est pas possible ! Quelle déchéance… Je suis née le 31 mai 1925, tu calcules mal, cela ne fait pas quatre-vingt-treize. Et toi alors, tu as quel âge ? » Tu n'arrivais pas à être pleinement sûre de ce que je disais. Je mentais peut-être. J'en avais, selon toi, l'habitude. J'étais, ne l'oublions pas, comme ton mari. Alors, ce quatre-vingt-treize ans absolument ridicule, je pouvais bien l'avoir inventé, l'avoir extirpé de mon chapeau de magicienne du leurre.

Parfois, tu croyais que je plaisantais, alors, tu te mettais à rigoler longtemps, pour me signaler que tu avais bien saisi que je te faisais une blague et que ce quatre-vingt-treize ans était d'un comique… J'avais peut-être après tout une grande imagination. Enfin, la plupart du temps, tu disais : quatre-vingt-treize ans, non ! J'ai plutôt quatre-vingt-quize ans et bientôt j'aurai cent ans. » Tu essayais de te redresser dans ton fauteuil, fière comme un pou d'accumuler les années, de continuer sur la route de la vie, malgré tout. Tu étais si crâneuse que tu n'acceptais pas que des dames à la Maison Graham soient plus âgées que toi. Il te semblait injuste de ne pas être la doyenne de toutes ces éclopées, toi que tu imaginais encore très fringante, quand tu te laissais prendre au jeu de la vanité auquel tu avais toujours été gagnante.

Madame Karam eut cent ans en novembre et Maman ne lui adressa plus la parole après son anniversaire, fêté gentiment par le personnel. Voilà que la belle Fiorina était centenaire et, confusément, Maman sentait qu'elle, elle n'atteindrait jamais ce grand âge qu'elle avait convoité toute sa vie. Sur une des dernières lettres qu'il lui a envoyées, son mari, mon père, lui promettait qu'elle dépasserait l'année 2025 (elle était née en 1925) et il lui garantissait une longue vie, sans bien sûr avoir songé un instant qu'il la laissait sans le sou, presque dans la dèche, et que les dernières années de son existence pourraient être rudes.

Quand Fiorina Karam mourut en février, je ne te le dis même pas. Soit tu l'avais déjà oubliée, soit tu te serais réjouie de savoir que la reine des cent ans avait disparu. Oui, Maman, tu as toujours été très jalouse des autres femmes. Il te fallait être la plus belle, la plus mince, la plus jeune, la plus âgée, la plus élégante, la plus raffinée, la plus, la plus… et tu regardais les femelles d'un air méprisant. Tu étais une rose rare, une Tess of the d'Urbervilles ou une Lichfield Angel, une Madame A. Meilland ou un bouquet de fleurs exotiques. Les autres t'apparaissaient comme un tas des pissenlits ébouriffés. Tu as donc été terriblement étonnée quand Papa t'a trompé avec des filles qui « ne t'arrivaient pas à la cheville », qui étaient à tes yeux des moches. Tu n'as jamais rien compris à l'amour, Maman. Les aspérités et les imperfections attisent le désir qui s'attache à la vie dans ce qu'elle a de vulnérable ou d'émouvant. Tu ne pouvais pas imaginer que l'on puisse préférer une quenouille à une orchidée.

Maman m'en voulait d'aider sa voisine de table à manger, une peintre qui dansait dans son fauteuil roulant quand on mettait de la musique.

Tu me disais tout bas de ne pas m'occuper ainsi des bonnes femmes sales qui pouvaient avoir des poux. Oui, tu étais atroce… Je me souviens de tout de toi. Les moindres détails restent précieux. Je t'excusais sans cesse en pensant que tu avais vécu la guerre et que dans la salle à manger de ta résidence, c'était un peu la violence de cette époque-là que tu retrouvais, toi qui détestais la promiscuité.

Milena tentait souvent de venir chercher Maman dans sa chambre et d'errer avec elle à travers les couloirs du bâtiment qu'elle hantait. J'ai immédiatement adoré cette femme dont Maman n'a pas voulu accepter l'amitié et qui m'a conduite, moi, dans sa chambre pour me montrer une photo d'elle. C'était une soirée de fête qui avait été saisie par l'objectif officiel. On voyait Milena, magnifique, à vingt ans, avec sa mère en vison, un peu guindée, et son père en costume d'apparat. Une grande occasion ! En allemand, Milena m'a dit de prendre cette photo. Elle l'avait décrochée du mur et je ne l'ai pas acceptée, même si j'en rêvais. Je l'ai photographiée sur mon téléphone en disant à Milena en français que, comme cela, j'aurais toujours une image d'elle sur moi.

En rentrant dans ta chambre, je t'ai raconté ma sortie dans le couloir. Aussitôt tu m'as prévenue : « Tu ne vois pas qu'elle a perdu la boule cette bonne femme ? Ne ramène pas cela ici ! »

Plus tard, Maman perdit les mots, ils ne lui revenaient pas, ils formaient une bouillie informe dans sa bouche. Elle prononçait des sons incompréhensibles espérant que j'allais comprendre et compléter pour elle la phrase qu'elle n'arrivait plus à terminer. Très souvent, elle me demandait l'heure, je regardais ma montre et lui montrais les aiguilles qui avançaient sur mon cadran et puis trente secondes après, elle recommençait à me poser la même question : quelle heure est-il ?

Au début, Maman, je te répondais scrupuleusement, puis après quelques fois, je te rappelais que nous venions de regarder ensemble ma montre. Voyant ta tristesse, je changeais de tactique. J'inventais toutes les quatre ou cinq minutes une nouvelle heure tout à fait farfelue, te faisant ainsi rêver d'un avenir immédiat différent à chaque fois.

Tu étais lasse, c'est ce que je me dis. Lasse.

Ta mère Flora, ton père Gaston, ta sœur Arlette, ta tante Suzanne, ta tante Camille, ta tante Hélène, ta tante Rachelle, ta cousine Anne-Marie, Solange, le docteur Seguin, sa femme Lise partie très jeune, Clorinthe qui t'habillait, Simone qui t'aimait, ton fils Patrick, ton ex-mari Pierre, ton presque ex-mari Iannis, une belle-sœur, deux belles-sœurs, Edmar que tu admirais tant, Nicole Geneste avec laquelle tu riais, ta meilleure amie d'enfance Jeanne, ta compagne de dortoir Raymonde, Mademoiselle Ledoux, Jacqueline, Éliane, ta chienne Kloé, le père Zeitung, ton chat Timi, Ginette, Gilberte, Angela, Madame Fonteneau, le notaire, son frère, son fils : tu les avais tous enterrés, à la queue leu leu.

J'en retrouve quelques traces dans les journaux récents. Les morts se chevauchaient, s'empilaient dans son esprit. Tête-bêche, ils se couchaient dans ses pages d'agenda. Maman ne faisait aucun commentaire. Elle accueillait la mort comme un fait : unetelle s'était étouffée avec un bout de poulet, un ami s'était défenestré et elle mettait tout de go une croix dans la journée, juste à côté du nom. Pour chacun de ses mal-aimés, elle traçait un † le jour du décès.

Un matin, tu m'as annoncé au téléphone la disparition de Marie. Je t'ai répondu, perplexe, qu'elle était morte il y avait déjà plus dix ans. Nous avons alors toutes les deux compris que tu voulais me dire que c'était Marcelle qui avait passé l'arme à gauche. On attendait sa fin d'un moment à l'autre. Mais tu n'as pas voulu avouer ton erreur, ta mémoire chancelante, et tu as lancé : « De toute façon peu importe les noms, on n'en a rien à foutre, tout le monde y passe, c'est pas jojo ! »

Oui, tout ton monde y est passé dans ce néant que tu redoutais tant.

Cependant, tu n'as pas su qu'Ann mourrait un mois après toi, dans la jeune soixantaine, que ta petite-fille Ellen se trouverait sans sa mère, seule à Ostende avec ses chiens. Tu n'as pas appris que le fils de ton neveu succomberait six mois après toi de graves blessures suite à un accident de la route. Il avait vingt-trois ans. Je te l'apprends ici. À moins que là où tu es, tu continues à mettre des petites croix, tombeaux, juste à côté des patronymes de ceux et celles dont tu découvres la mort. À moins qu'ils ne soient venus te rejoindre, ces trépassés tout frais, et qu'ils te murmurent leur nom, langoureusement.

Tout le monde y passe certes, mais chacun à son tour, et ce tourniquet de la vie, même s'il ne fait pas de gagnants, crée quand même quelques élus. « Quelle injustice ! » Cela, Maman le disait souvent.

Oui, tu étais lasse, même si tu adorais survivre à tout et à tout le monde. Voir que tu serais seule ne te réjouissait pas. Tu avais vécu en engueulant tes proches, tu les avais sommés de ne pas trop manger, de ne pas trop boire, de ne pas sortir, de ne pas vivre, de ne pas aimer, de se ménager pour être là le plus longtemps possible. Ils avaient fini par crever, incapables de suivre tes conseils. Des inaptes… Bien sûr tu t'en réjouissais un peu : ils n'avaient pas su être aussi sages que toi, ces pauvres imbéciles ! Mais tes harangues s'évanouissaient avec eux. Qu'allais-tu devenir si tu ne pouvais pas continuer à mépriser ton entourage ?

Heureusement qu'il te restait deux de tes enfants, et comme ils ne faisaient rien de bien, tu pouvais au moins compter sur eux pour les engueulades. La haine conserve. Et chez toi, elle n'était pas modérée, la haine. Mais pour combien de temps protège-t-elle les humains ? Toi-même tu te le demandais.

Tu étais lasse, c'est ce que je me dis pour penser que tu es bien là où tu es, c'est-à-dire délivrée de la mort, dans un vide où l'on n'a plus à porter ni le temps ni l'absence, la terrible absence. Celle que je trimbale partout en ce moment, puisque tu n'es plus là.

Tu étais lasse, les anniversaires qui avaient été si importants jadis ne comptaient plus.

Les années pas davantage. Maman avait été une petite fille, une sœur, une amoureuse, une femme, une épouse, une mère, puis une vieille dame et enfin une très, très vieille dame, mais elle ne se souvenait plus de toutes ces périodes de sa vie. Seul comptait ce présent infini dans lequel il a fallu qu'elle se vautre. Elle n'avait pas le choix.

J'ai hérité de ton ennui, Maman, un ennui fondamental que rien ne peut divertir. Sauf peut-être un travail harassant, infini. Celui auquel je me consacre depuis tant d'années. Toi, tu n'aimais pas travailler. Tu préférais t'ennuyer.

Parfois, la petite Ninise qu'elle avait été revenait dans son plaisir à dévorer le chocolat. Ou encore apparaissait la femme très âgée, immonde. Elle émergeait d'un temps vide, prenait le dessus sur l'ennui. Elle me faisait un signe de connivence pour me confier encore une fois que les préposées à son service n'étaient que des bonnes à rien et ne valaient pas un pet de lapin.

Maman a toujours été si ingrate, si peu reconnaissante, sa méchanceté ne m'étonnait plus.

Je m'efforçais de redoubler de gentillesse avec les dames occupées aux soins de ton corps afin qu'elles arrivent à oublier les humiliations et les mesquineries que tu leur faisais subir dans ta joie à toi, toute particulière, cruelle.

Elle n'en avait que pour la coiffeuse Gertrude qui, dans le sous-sol de la résidence, lui collait deux grosses bises sur les joues alors que Maman l'envoyait paître et se débattait avec son déambulateur.

Maman appréciait aussi Maryse et Maria, parce qu'elle les voyait comme les patronnes du lieu. Elle avait toujours eu du respect pour l'autorité ou l'argent et elle me disait que ces deux femmes étaient très riches.

Je ne sais comment tu avais pu inventer cela. Autrement, rien ne te plaisait dans ta résidence. Je savais que tu ne pouvais l'aimer. Moi, je proclamais partout que j'aurais pu y vivre. Dans la petite chambre, je me serais organisée pour être pas trop mal et pour attendre mes enfants qui venaient chaque jour. J'aurais lu, écrit, pleuré, peut-être même crié en silence, mais je n'aurais pas maudit toute la journée mon sort, mon terrible sort.

Tu me disais : « Ben tu n'as qu'à venir t'installer ici toi, si tu aimes cela », et je te répondais qu'à quatre-vingt-treize ans, peut-être oui. Pour toi, ce n'était pas une question d'âge. Je n'avais qu'à m'installer dans ce lieu infâme, où il n'y avait que des vieilles bonnes femmes, un point c'est tout ! Tu me souhaitais d'être moi aussi abandonnée par mes enfants, à l'article de la mort.

Je ne savais que te répondre, coupable de te laisser à ton âge et à ton impuissance que tu ne voulais pas voir.

Tu étais si lasse, si vide que lorsque je te parlais de ta mère ou ton père, que tu avais toujours portés aux nues, tu me répondais: «Mais qui étaient mes parents? Je ne sais pas. Mieux vaut ne pas penser à cela, rien de bon là-dedans, rien de bon.» Et ta main toute tordue, aux ongles peints par la douce Bella, me faisait un geste nerveux, saccadé pour m'envoyer promener et chasser vers moi tes idées noires. Tu avais oublié ta famille. Du visage de tes parents, que te restait-il? Leur voix avait disparu en toi, des années plus tôt. Le timbre tonitruant de ton père mort en 1952 et les sons autoritaires qu'émettait Flora s'étaient englués dans la boue de tes souvenirs.

Tu t'es conduite comme mon maître en cruauté. Je t'appelais Mamishima. Tu étais née la même année que le dernier des samouraïs et tu restais si dure avec toi que tu envisageais de mettre fin à tes jours, si tu n'avais plus la force de vivre seule.

Le sort en a voulu autrement, tu as perdu la tête avant ou tout simplement l'idée de ta mort est devenue très, très vague en toi. Il n'y avait plus qu'un immense temps sans marque. La pensée de trouver la force de te tuer a fini par s'effacer.

Tu avais été un bébé frêle: apparemment tu avais failli mourir à six mois, mais tu t'étais vite endurcie spirituellement et physiquement. Malgré ta fragilité et ta petite taille, tu en remontrais à bien des hommes en endurance et en cran.

En 1970, Mishima se suicide. Il s'éventre, comme le veut la coutume des samouraïs. Masakatsu Morita a été désigné pour achever son maître après son éventration, mais il n'arrive pas à décapiter Mishima après plusieurs tentatives. C'est Hiroyasu Koga qui termine le geste rituel. Morita a néanmoins le privilège de suivre Mishima dans la mort.

J'avais conçu pour Koga une grande admiration, persuadée que si tu m'avais demandé de t'achever, je l'aurais fait par amour pour toi, avant de me supprimer. Mais toi comme moi, malgré tes enseignements, les promesses échangées et les serments prêtés, nous n'avons eu le courage de te tuer, de nous tuer quand, en avril 2018, il n'y avait plus d'autre solution que celle de te « placer ». Je me suis résolue à te mettre dans une résidence de personnes âgées, même si je savais que ni toi ni moi ne trouverions l'occasion de nous pardonner nos mensonges d'autrefois.

J'ai été assez méchante pour ne pas respecter tes ordres. Je me suis fait excessivement mal à chaque fois que j'allais dans ce lieu que je jugeais, c'est absurde, indigne de toi. Je constatais ma lâcheté. Celle que tu voyais en moi.

Au pays des mangeurs de lotus, on oublie tout. Dans *L'Odyssée*, Homère raconte le séjour d'Ulysse chez les Lotophages. Celui qui absorbe le lotos (c'est le mot en grec) cesse de vivre comme le font les hommes, avec en eux le souvenir du passé et la conscience de ce qu'ils sont.

Ulysse et son équipage, après neuf jours d'errance où les vents fous les font aller à la dérive, se retrouvent sur l'île des mangeurs de lotos, ou de lotus. Là, les êtres vivent en se nourrissant des fruits qui viennent d'un arbre à fleurs. Après avoir envoyé des éclaireurs pour reconnaître les lieux qui l'entourent, Ulysse s'aperçoit que ceux-ci ne veulent plus poursuivre l'odyssée. Ils ont consommé la chair des lotos et entendent rester au paradis de l'oubli. Ulysse, lui, toujours méfiant, n'a pas porté à ses lèvres le lotos. C'est un Ithaquois : il garde un certain soupçon envers ce qui n'est pas de chez lui. Voyant ce qui se prépare, Ulysse le malin contraint ses hommes à rentrer avec lui. Contrits, ils repartent donc sur la mer tumultueuse, tâchant d'oublier que l'on puisse avoir envie de tout oublier.

J'ai aimé cette histoire que j'avais lue dans un livre d'enfant, à l'époque où je regardais *L'Odyssée* de Franco Rossi, cette mini-série de la fin des années 1960. Bekim Fehmiu y incarnait Ulysse et la magnifique Irène Papas, Pénélope. La question du retour après l'exil était toujours là pour toi, Mamie.

Personne ne sait vraiment ce qu'est le lotos. Comme le nom grec désigne de nombreuses plantes, toutes les hypothèses sont possibles. Certains y voient le lotus, d'autres un jujube sauvage. Ce serait un arbuste qui fournirait des espèces de fruits qui ont quelque chose des dattes, tout en possédant des propriétés narcotiques. La volonté s'étiole, la léthargie envahit la pensée et l'oubli salvateur guide la psyché de celui qui les consomme.

Le poète britannique Tennyson en 1832 reprend le texte d'Homère. Il insiste sur la menace que constitue l'anesthésie procurée par l'ingestion du lotos ; une béatitude qui empêcherait d'être soi-même, c'est-à-dire celui qui retourne au bercail en ayant accompli une odyssée vers les origines.

Baudelaire, plus tard, dans un poème intitulé « Le joueur généreux », parle d'un antre parisien où l'on « respirait une béatitude sombre, analogue à celle que durent éprouver les mangeurs de lotus quand, débarquant dans une île enchantée, éclairée des lueurs d'une éternelle après-midi, ils sentirent naître en eux, aux sons assoupissants des mélodieuses cascades, le désir de ne jamais revoir leurs pénates, leurs femmes, leurs enfants, et de ne jamais remonter sur les hautes lames de la mer».

Baudelaire ne peut qu'aimer ce lieu où l'on oublie tout, où l'on va «au fond de l'inconnu pour trouver du nouveau».

J'aurais voulu que tu sois baudelairienne. J'aurais voulu que tu manges de cette plante, de ce lotos guérisseur du mal du pays, que tu n'aies plus envie de retourner là d'où tu venais. J'ai longtemps pensé que le lotos était le pavot somnifère ou encore pavot à opium connu pour ses propriétés psychotropes sédatives, mais aussi cultivé à des fins ornementales et alimentaires. Si à Montréal tu te bourrais de médicaments, de Librium après ma naissance, de Valium après la mort de ta mère, de Serax, d'Ativan, de Tranxen, de Xanax et de Rivotril, tu n'arrivais pas à oublier ta nostalgie, ta blessure. Et lorsque tu t'endormais d'un lourd sommeil médicamenté, tu rêvais encore à Paris et à ton retour.

Quand j'y pense, cette halte sur l'île des Lotophages aurait pu être un désastre pour l'équipage d'Ulysse et pour *L'Odyssée,* qui n'aurait pas eu lieu si tous les hommes à bord avaient préféré s'enliser dans l'effacement du passé. Tout le monde aurait refusé de rentrer à Ithaque. Ulysse le premier. Tant pis pour Homère, qui aurait dû arrêter son récit là… C'est quand même étonnant qu'Homère lui-même mette en scène la paralysie possible de son histoire ou encore sa fin abrupte sur l'île des Lotophages. Ulysse est par définition un nostalgique : il doit porter en lui la douleur et la nécessité de retourner chez soi. *Ulysse est comme toi, Maman. Malgré ses errances il ne pense qu'à rentrer chez lui.*

Pendant cinquante ans, je t'ai vue t'illusionner sur ton retour en France. Tu allais retrouver ta mère patrie. Embrasser ton origine, quitter ce Canada que tu n'avais jamais aimé. Et puis, à quatre-vingts ans, tu as dû te faire à l'idée que tu mourrais en Amérique du Nord, en exil, d'autant plus que tu ne traversais plus l'Atlantique depuis 1971.

Tu n'as jamais mangé les lotos. Tu as gardé le passé vivant jusqu'à ta mort. Quelle douleur !

Je voudrais être capable de pouvoir dire ta peine immense, même si je ne la comprends pas. Que veux-tu, j'étais là, moi. Pourquoi ne pouvais-je pas te consoler ? J'ai poussé dans le terreau de l'Amérique, c'est là que je devais apprendre à croître.

Tu avais du mal avec la transformation de ton visage dans les toutes dernières années. Jusqu'à quatre-vingt-douze ans, tu avais conservé intacte en toi ton image. Lorsque tu te regardais dans un miroir, il te semblait apercevoir la femme que tu avais été. Et puis en 2018, tu as commencé à jeter sur toi le même regard cruel que tu jetais sur les autres.

Mon amie Martine m'a raconté qu'un après-midi où elle lui rendait visite à sa résidence, ma mère s'était penchée vers le miroir dans l'ascenseur et à sa propre vue, effrayée, elle avait lancé : « Mais quelle sale gueule, j'ai ! Je ne veux pas aller manger avec les autres avec cette tête-là ! » *Jamais tu n'as chéri la faiblesse sur le corps des autres. Fidèle à toi-même, tu détestais exposer ce qui en toi commençait à se décomposer.*

Tu avais perdu la vue. Tu marchais en traînant la patte, tes vêtements étaient toujours maculés de taches et mal repassés, tes cheveux se faisaient rares, on voyait tes racines blanches à la base de tes cheveux blonds, tu ne sentais pas très bon même si ton fils ou moi te couvrions de parfum et te lavions tant bien que mal. Tu étais deve-

nue sale, tes chaussures étaient élimées, mais pour rien au monde tu ne voulais en changer, tes ongles s'écaillaient et tu refusais de porter ton dentier.

Tu m'en voudrais de te décrire ainsi. Tu me reprocherais de charrier dans les bégonias : Faut quand même pas pousser grand-mère dans les orties !

Ne t'inquiète pas, je m'en veux aussi, mais je ne vais pas nous rater. Tu le sais mieux que moi : parfois, il est nécessaire de dire, d'écrire ou encore lire la vérité. Et j'ai décidé de t'accompagner jusqu'au bout de cette nuit qui est la tienne, maintenant.

Isolde est contente que sa mère n'ait pas à vivre cette période confuse que nous traversons. Sa mère serait peut-être morte seule.

Égoïstement, je voudrais que tu sois là pour me raconter encore une fois la guerre. Ces quatre ans terribles, les bombardements, le débarquement, l'exode. Égoïstement je voudrais que tu sois là pour me dire encore ce que tu m'as dit mille fois.

Tu avais raison, un jour je comprendrais, un jour, j'aurais à vivre un petit quelque chose qui me ferait embrasser ton angoisse.

Ma vie est ridiculement simple en ce moment, mais ta peur, durant les années 1940, je la prends dans mes bras, je la berce.

Je n'ai plus ton corps à sentir.

Les derniers vêtements que j'ai gardés s'attristent dans des boîtes.

Sur mon lit, je déballe ses effets mis à la hâte l'an dernier dans un grand carton. Je retrouve son corps qui est là dans son évident retrait. Elle porte ses vêtements en ne les portant pas. Ou plutôt ils la portent, la soutiennent encore un instant dans le monde des vivants. Les vêtements forment une trace de son passage ici. J'en fais des piles informes tentant d'effacer les plis que sa chair leur a laissés.

Il y a ceux que j'ai mis à la poubelle, ils ne contenaient plus rien d'elle. Ceux que j'ai donnés à Renaissance ou encore au YMCA, et puis ceux que j'ai distribués comme des reliques à mes proches. *Ils en prennent soin et tu es là avec eux.* J'ai confié un pantalon à Martine, une robe à Camille, des gants à Victoria, des chaussures à France.

Je leur ferai voir d'autres vies que la tienne. Tes vêtements se promèneront un peu partout. Ils ont envie de voir du pays. Voyager avec moi, tu n'as jamais voulu.

De même, je vois le dérisoire de toutes ces photos mises en tas, preuves que tu as occupé ce monde, un tout petit moment. Je collectionne de façon compulsive tout ce qui reste de toi, espérant recréer ou réinventer quelque chose de ta présence et de ses manifestations à travers le temps.

On a à peu près tous les mêmes vacances, les mêmes souvenirs, les mêmes anniversaires.

Je cherche dans les albums de photos des autres des souvenirs de toi.

Ma mère, te voilà sans identité, irremplaçable, mais quand même remplacée à chaque instant…

Autrement, je ne pourrais pas vivre.

Je te recrée partout, sans relâche.

Tu restes mon invention.

Match, Maman disait *Match*, achète-moi mon *Match* au magasin de journaux, rapporte-moi mon *Match*, veux-tu que je te passe le *Match*. As-tu vu Grace Kelly dans *Match* ?

En 1938 était né le journal *Match*, qui avait cessé ses parutions en juin 1940 après cent deux numéros. Pendant la Seconde Guerre mondiale, il était devenu le *Match de la guerre*. Après la guerre, *Match* réapparut, sous nouveau nom : *Paris Match*.

Mais Maman continuait à dire *Match*, fidèle à son passé.

As-tu remarqué le nombre de lys sur le cercueil de Diana dans *Match* ?

Chaque semaine, tu l'achètes, tu le guettes, le dévores. En 1968, la revue cesse ses publications durant plus d'un mois.

Je me rappelle bien que cela te peine et que tu en veux à tous ces gauchistes de merde. Dans Match, *tu te délectes du Shah d'Iran et de sa femme, la Shabanou, des malheurs et saloperies des Kennedy, des fêtes de Persépolis, des frasques de Johnny, des ennuis de la famille royale britannique, de la tragédie de Romy Schneider et de l'appétit sexuel de Depardieu.*

Tu traverses l'époque accompagnée de tous ces gens célèbres. Tu les aimes. Ils sont là. Pour toi, ils demeurent tes proches et tu m'en veux de ne pas m'intéresser à Caroline de Monaco ou au chat de Karl Lagerfeld. Tu as raison. Je ne sais pas m'amuser.

Il me semble m'être approchée d'un précipice. J'ai senti qu'elle me demandait de tomber avec elle dans ce grand trou noir.

Et tout à coup, j'ai senti une joie.

Un grand vent m'a emportée. Je me suis retrouvée très, très loin, mes pieds sur le sol, dans l'herbe sans m'être fait trop mal.

Je n'ai pu sauter dans le vide.

Tu n'as jamais cultivé ton jardin.

Ce n'est pas tout à fait vrai… Tu aimais de temps à autre jouer du piano.

« Les enfants disent vraiment n'importe quoi ! Ils racontent des histoires farfelues pour se rendre intéressants ! » Voilà ce que tu affirmerais au sujet de mes élucubrations sur le jardinage et la mort : « Quelle menteuse, ma fille ! »

Tu avais appris très jeune quelques pièces pour le piano et tu les répétais dès que quelqu'un venait à la maison.

Maman aurait aimé que j'aime moi aussi en jouer pour épater la galerie. Mais je lui refusais ce plaisir-là. Elle m'en voulait de ne pas m'intéresser aux mêmes choses qu'elle.

Le piano familial avec son gros corps en bois roux, tu l'aimais plus que tous les autres meubles de la maison. Sur lui, tu avais posé un grand vase à fleurs. Sur lui, tu jouais rarement, mais avec conviction. Du Mozart un peu joyeux ou une marche militaire. Tu n'aimais pas la musique triste. Les chansonnettes te ravissaient, surtout les chansons françaises ou belges de Brel, Sardou, Lama, Gérard Lenorman, Charles Trenet, Édith Piaf,

Annie Cordy et je ne sais plus qui. Tu raffolais aussi de l'accordéon, des bals musettes où tu allais, jeune, et où apparemment tu t'amusais beaucoup. Le piano te ramenait à cette époque où tu avais un corps de jeune fille un peu gamine et puis un corps de femme pleine de désirs. Notre piano droit ressemblait pourtant à un cercueil. Il avait le nom Baldwin écrit en or dessus. Longtemps, j'ai cru que c'était le nom de celui qu'on avait enterré dans le coffre en bois.

Maman tentait parfois de me convaincre de suivre *La méthode rose*. En vain. Du piano, je n'aimais que le bruit quand on refermait le petit couvercle sur le clavier.

Un homme aveugle venait l'accorder, tous les cinq ans. Elle le plaignait, ce pauvre homme, de son terrible handicap. Elle craignait de perdre la vue. Elle fermait les yeux devant lui pour imaginer qu'elle ne voyait rien. Sa cécité à lui l'empêchait de connaître le manège cruel de ma mère.

Les derniers mois de ta vie, je te mettais au piano de la résidence Graham. Tu refusais de jouer. Mais au bout de quelques minutes sur le banc de bois, tu commençais à faire marcher tes doigts. Malgré ta démence, tu arrivais à faire sortir de cet instrument quelques mesures de Strauss.

Tu étais… surprenante.

Le joli mois de mai… *c'est le titre d'une chanson de Bourvil. Tu la fredonnais souvent dès mars ou avril, espérant que le printemps se ferait européen. Oui, dès le premier jour du mois tu rêvais au muguet dans les bois. Tu parlais de la fête du Travail, t'étonnant que partout dans le monde, sauf au Canada, on la célèbre au printemps.*

Tu étais née un lundi de Pentecôte, le dernier jour du mois de mai 1925. Tu en éprouvais une certaine fierté, malgré ton athéisme forcené. J'avais appris à vivre avec tes contradictions. En fait le 31 mai est surtout le jour de la Visitation de la Vierge Marie à sa cousine Élisabeth. Or tu aimais la Madone. Les apparitions de Fatima t'impressionnaient et nous devions t'écouter parler de Bernadette Soubirous à qui la Vierge était apparue dans une grotte… La Vierge, au moins, elle ne faisait de mal à personne, même si elle n'existait pas, disais-tu. Il valait mieux croire en elle qu'en un bonhomme.

Mai est le mois de Maïa, cette déesse de la mythologie romaine qui veille sur la fertilité du printemps et qui protège les végétaux, en favorisant la poussée de la sève.

Mai restait un mois français. Ici, il n'existait pas pour toi, puisqu'il ne s'offrait pas printanier. L'éclosion de fleurs dans les parterres et les jardins se faisant plus tard, trop tard. En France, durant ce mois, on fait ce qu'il nous plaît et l'on court à travers champs puisque, comme l'a écrit Victor Hugo, « mai tout en fleurs dans les prés nous réclame ». Mai te réclamait ailleurs. Tu l'entendais te susurrer à l'oreille : « Reviens. »

C'est le bouquet! Comme j'aimais cette expression que tu lançais dès que quelque chose allait mal... Nous vivions de façon si peu agréable, entre les suicides, les crises, les faillites de Papa et ta dépression infinie, que nous n'étions jamais très loin de la limite du supportable, du bouquet justement.

Ce bouquet, Maman, il n'existe plus. Il n'y a plus de bouquet du tout.

Désormais, je n'aurai droit qu'à quelques fleurs éparses et précieuses dans leur rareté.

Un premier juin, Derek Jarman a écrit ceci :

> « Dawn came in a great, grey, dewy mist, it drizzled all night, the grey washes an intense colour into the garden. The poppies bow their heads, the mullein caterpillars are back, bright green-yellow and black, there are metallic blue lackeys on the roses and my friendly tiger moth caterpillar is now very large. » (SISM, 136)

Aujourd'hui premier juin, je m'apprête à aller faire un tour dans mon minuscule jardin, j'apprendrai à ne pas conduire à la mort ce qui vit et à m'extasier sur les chenilles.

Oui, Maman, avec toi, j'ai appris ma leçon :
Il me faut cultiver mon jardin.

Et puis aussi, bien sûr, celui des autres.

Livres cités de Derek Jarman :

JARMAN, Derek, *Derek Jarman's Garden*, with photographs by Howard Sooley, London, Thames and Hudson, 2018.

JARMAN, Derek, *Smiling in Slow Motion*, London, Vintage, 2001.

p. 47-48 « Le vent s'est levé et l'herbe d'un ocre pâle brillait dans la lumière du soleil, tard dans l'après-midi, j'ai arrosé le jardin, d'un côté à l'autre, avec le lourd arrosoir en zinc. Je me suis senti étrangement étourdi, mes maux d'estomac se sont aggravés soudainement, il m'est impossible de me concentrer. »

p. 116 « J'ai l'impression qu'une fois que vous êtes mort, le temps s'accélère, environ une minute après votre décès, tous vos amis vous rejoignent et cinq minutes plus tard, c'est la trompette du Jugement dernier. »

p. 137 « Vous voyez c'est plutôt un jardin sauvage ; Je recommande vraiment ceci – ouste ces pelouses et voici les orties et les fleurs du chemin : des jacinthes des bois, des œillets, des orchidées violettes, des tas de boutons d'or – délicatesse pour l'œil. (Je ne vois rien de semblable quand je me promène, seulement un désert de fuchsias, horribles en juillet). Je voudrais que chaque lecteur de mon livre s'exerce à cette nature sauvage dans un coin du jardin. Cela vous apportera beaucoup de bonheur. »

p. 180 « L'aurore est venue à travers une intense brume humide, grise, il a pleuvoté toute la nuit, le gris a badigeonné une couleur forte dans le jardin. Les pavots penchent leur tête, les chenilles des molènes sont de retour, noires et d'un jaune-vert éclatant, il y a des papillons bleu métallique sur les roses et mon amie la chenille qui deviendra un papillon tigré est maintenant très grande. »

Citations traduites par l'auteure.

ROMANS PARUS CHEZ HÉLIOTROPE

GABRIEL ANCTIL
Sur la 132

JENNIFER BÉLANGER
Menthol

VINCENT BRAULT
La chair de Clémentine
Le cadavre de Kowalski

EMMANUELLE CARON
Les lois du jour et de la nuit

NICOLAS CHALIFOUR
Vol DC-408
Variétés Delphi
Vu d'ici tout est petit

DAVID CLERSON
En rampant
Frères

MICHÈLE COMTOIS
Le tableau de chasse

ANGELA COZEA
Interruptions définitives

MARTINE DELVAUX
Je n'en ai jamais parlé à personne
Thelma, Louise & moi
Blanc dehors
Les cascadeurs de l'amour n'ont pas droit au doublage
Rose amer
C'est quand le bonheur?

JULIE DEMERS
Barbe

OLGA DUHAMEL-NOYER
Mykonos
Le rang du cosmonaute
Destin
Highwater

LOUISE DUPRÉ
Théo à jamais
L'album multicolore

KIM FU
For Today I Am a Boy

JULIEN GUY-BÉLAND
Vos voix ne nous atteindront plus

MARIE-PIER LAFONTAINE
Chienne

KEVIN LAMBERT
Querelle de Roberval
Tu aimeras ce que tu as tué

CATHERINE LAVARENNE
Quelques lieux de Constance

GRÉGORY LEMAY
Le cœur des cobayes
C'était moins drôle à Valcartier
Les modèles de l'amour

MATHIEU LEROUX
Avec un poignard

MICHÈLE LESBRE
Chemins
Écoute la pluie
Sur le sable

PATRICE LESSARD
Cinéma Royal
L'enterrement de la sardine
Nina
Le sermon aux poissons

MARYAM MADJIDI
Marx et la poupée

ANDRÉ MAROIS
Je ne suis pas fou

CATHERINE MAVRIKAKIS
L'Annexe
Oscar De Profundis
La ballade d'Ali Baba
Les derniers jours de Smokey Nelson
Deuils cannibales et mélancoliques
Le ciel de Bay City

JULIE MAZZIERI
La Bosco

ALICE MICHAUD-LAPOINTE
Villégiature

SIMON PAQUET
Une vie inutile

PIERRE SAMSON
Le Mammouth

GAIL SCOTT
My Paris

VERENA STEFAN
Qui maîtrise les vents connaît son chemin
D'ailleurs

Héliotrope
4067, boulevard Saint-Laurent
Atelier 400
Montréal (Québec)
H2W 1Y7
www.editionsheliotrope.com
www.facebook.com/editionsheliotrope
www.instagram.com/editions_heliotrope

Achevé d'imprimer le 15 septembre 2020
sur les presses de Marquis

Imprimé sur du Rolland Enviro,
contenant 100 % de fibres postconsommation,
fabriqué avec un procédé sans chlore et à partir d'énergie biogaz.